JN320827

言葉のない子と、明日を探したころ

自閉児と母、思い出を語り合う

真行寺英子＋英司 著

花風社

言葉のない子と、明日を探したころ

自閉児と母、思い出を語り合う

目次

本文中の「英司、語る」は昭和五十六年（一九八一年）三月より五十七年（一九八二年）四月にかけて、多くは、英司の思い出話の中から得たものである。本文収録のため、英司の確認を得て文章とした。

――英子

幼かったころ、英司さんの活躍した範囲

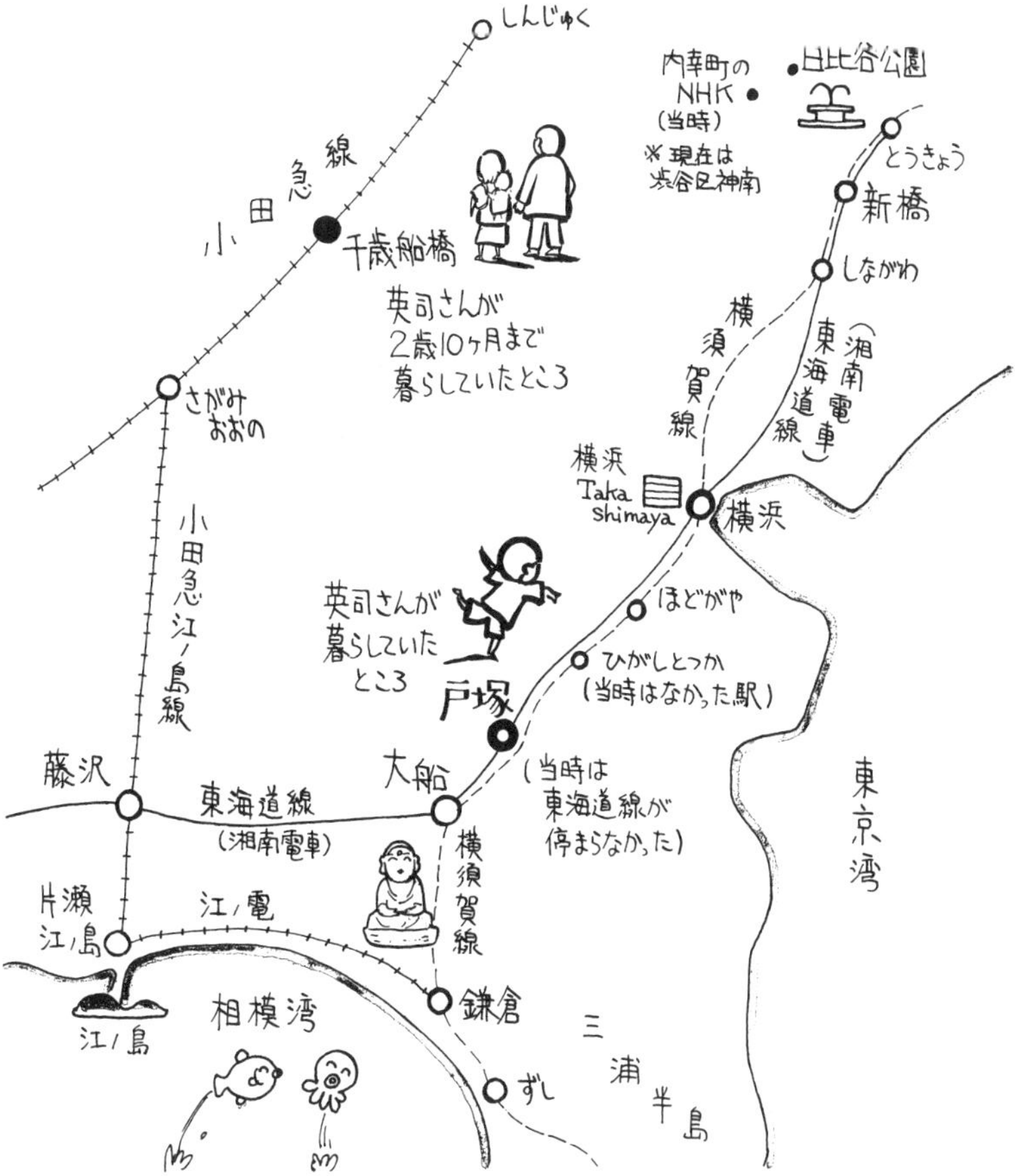

最初に

この本を花風社に紹介して下さったのは、横浜で障害児・者の地域コーディネータを務める瀧澤久美子さんでした。

「この本読んでみませんか。もう手に入らなくなってしまった貴重な一冊だけどお貸ししますよ。もしよかったら、花風社で再刊することを考えてみたら？」

そう言って貸していただいたのが、この本の元となった「マンホールのうた　自閉症のわが子と明日を探し続けた母の記録」でした。なんと、今から二十年以上前、一九八二年に出版された本です。言葉の遅れがある、当時「重度」とされた自閉症のあるお子さんを育てたお母さんの手記でした。

「すごくいい本ですよ。なんといっても画期的なのは、お母さんの思い出話に、当時言葉があまりなかったお子さんがコメントをしていること。あと、今ほど社会的な支援のない中で、お母さんがお子さんと向き合って子育てに取り組んだこと。とにかく読んでみてください」

一読して、出したい、と思いました。

今子育てに奮闘・苦闘している読者の方々に読んでいただければ、きっと希望を持っていただけるだろうと思ったからです。

テンプル・グランディンもドナ・ウィリアムズも、ニキ・リンコも知られていなかった当時の日本で、これほど豊かに自閉の方の内面を伝える本が出されていたとは驚きでした。

それが毎日大量に出版される活字の洪水のなかに消えていってしまったことを、残念に思いました。

出版のお願いをするため、真行寺英子さんにお会いしました。

重度の自閉症と診断された英司《ひでし》さんももう四十歳。養護学校を出てから、段ボール作り一筋、すでに勤続二十余年のベテラン社員となりました。「こんなに穏やかな日々が来るとは思いませんでした」と語るお母様のお顔には、歳月に鍛えられた本物の安らぎがあるように思えました。

改めて瀧澤久美子さんにお訊きしました。「最初にこの本を読んだときどう思いましたか？」

「当時私は、養護学校の教員を退職して地域の障害児の巡回相談を始めた頃でした。当時の学校は矯正教育、困った行動を正すという教育が中心で、自閉症の方、ご本人の気持ちまでは考えていませんでした。いえ、そもそも自閉症の方に気持ちがある、ということを前提にしていなかったのかもしれません。自分としては、いつもそのあたりに戸惑いを感じていました。

けれどもこの本を読んで、はっきりわかりました。自閉症のお子さんにはきちんと気持ちがある、と。言葉のないお子さんの内面にこれほど豊かなものがあったこと、幸せな幼児期の思い出があったことに衝撃を受けました。ご本人の気持ちに添った支援の大切さを教えられました。その後も、成人した自閉当事者の方の手記に多く接しましたが、幼児期をこれほど生き生きと語ったものはありません。教員から障害児・者の地域コーディネータと続く自分の仕事の流れのなかで、根っこに残り続けた大切な本でした」

当時に比べると現在は、自閉症への理解も進みました。発達障害者支援法も施行され、生涯にわたる支援の必要性も認識されるようになりました。

現在も英司さんの住む横浜市では今や、障害児の方の幼稚園の入園も広がり、療育センターもあります。保育士の加配の制度もあれば、定型発達のお子さんと一緒に教育を受ける機会もあります。もちろん、診断から支援へとつながる流れのなかで、まだまだこれからの課題も多いとは言え、英司さんの育った時代とは隔世の感があります。

それは、時には偏見に傷つきながらもていねいな子育てをしてきたお母様方の努力があってのことなのだと、この本が教えてくれました。

過去が現在を作り、そして現在が未来を作っていくのでしょう。

真行寺英子さんとお話ししたとき、印象に残った言葉で、この一文を結ばせていただきます。

「甘やかしすぎるとたたかれたこともあります。でも必要なことを補佐するのは親の役目でしょう」

「親が楽をしようと手を省くと、結局その分親が損をしますよ」

「楽になりましたよ。とうてい今のようになるとは思えなかった。無駄なことは一つもありませんでした」。

平成十七年十二月吉日

花風社　浅見淳子

本書は「マンホールのうた　自閉症のわが子と明日を探し続けた母の記録」（一九八二年・エイジ出版刊）を再編集し再刊したものです。

母さんの子守り唄

「母さん、ぼくが赤ちゃんの時、子守り唄を歌ってくれたでしょう。ぼくは母さんの子守り唄で、ちゃんと眠ったよね」

「そうよ、母さんの子守り唄でちゃんと眠りましたよ」

「あのね、ぼくは赤ちゃんだったから、……音程が狂っているかどうかわからないで、毎晩眠ったんだよね。ものすごーい狂っていましたね」

　私は仰天して英司《ひでし》の顔を見た。子守り唄の音程が狂っていたのだろうか。


　自閉症のため、幼い頃からものを言わなかった英司の記憶に時々驚かされる。養護学校高等部一年も終わりに近づいた二月（昭和五十七年・一九八二年）のことである。

　自分の興味以外には、他人の言動など全く関知せず、横っとびにすっとんで行ってしまうだけで、会話のなかった英司も、中学二年生の頃から急速に人の話を聞き分けるようになり、近頃（編注：昭和五十七年当時）では、日常の会話は不自由ながらも、多少の忍耐があれば、ほぼ完全に通じあうようになっている。

　中学の二年、特殊学級は、二人の先生が担当していた。英司はどうも、女の先生よりも男の先生の方が性に合っていたらしい。日頃の言動で明らかであった。ある時、女の先生が聞いた。

「○○先生と、△△先生と、真行寺君は、どちらが好きですか」

上目遣いにその女の先生を見ていた英司は、口ごもりながら答えた。

「それは答えられません」

「はっきり言ってもいいのですよ」

再三にわたる追求に、

「どちらも好きです」

と答えたと言う。感じ取る以外に考えてものを言うことのなかった英司が、その頃から人を傷つけまいとする心と、少しずつ考えてものを言うことができるようになってきたように思われる。

ある時、カセットを下げて来て、テープの一部分を私に聞かせる。

「母さん、流行歌なのに、バイオリンが入っているよ、解《わか》るでしょう」

「本当だ、珍しいね」

珍しいかどうか知らないが、私はもっともらしく答えた。その実、私の耳はバイオリンの音を聞き分けてなどいない。


教会で、讃美歌の時になると、私の両隣の人は、私の声に引きずられまいとして、悪戦苦闘の末、私の側の耳に指を入れることも珍しいことではない。そんな私にカセットテープの曲の一つの楽器を聞き分けることなどできるはずがない。

「母さん、ここのドラムの音は、メッセンジャーズの小浜つよしに似ているでしょう、わかる？」

「ドラムの音ぐらいわかりますよ」

「小浜つよしに似ているでしょう」

どこが、どう似ているのだろうか。違いのわからない母親である。

「母さん、これはビオラの音だよ」

「そうかい、そうかい」

執拗《しつよう》に続く。

ビオラの音を絵にして見せておくれ、と言いたいところだが、私にも見栄がある。

英司は、幼児のうちから名曲を好んだ。私には音楽の趣味はなかったが、外からの雑音防止の意味で、音を絞った音楽をいつも流して置いたが、しばしば英司は、それらの音楽をじっと聞いていることがあった。

だが、子守り唄はレコードであったわけではない。私の知る限りの小学生唱歌、また聖歌、讃美歌のたぐいであった。

生後八カ月、やっとつかまり立ちをする頃、英司は私の唄に合わせて、コケシのように首を横に振り、リズムを取った。オルゴール、レコード、ハーモニカ、ラジオ、すべての音楽に英司はよく反応して、リズムを取るのである。夫は初めのうち、なかなかそれを信じなかったが、自分でオルゴール、ハーモニカと試してみてようやく納得。

「驚いた子だ、赤ん坊のくせに」

夫と私は顔を見合わせ、なぜともなく苦笑する。夫も私も揃って音痴なのである。

英司には、いわゆる喃語期というのがほとんどなかった。声を出すのは泣く時だけで、笑い声などは聞いたことがなかったし、声をかけてもあやしても、声を立てて反応することはほとんどなかった。そんな英司も、一歳八カ月で「パパ」と言い、一カ月くらいおくれて「おっ母あ」と言い始めた。もっとも「パパ」も「おっ母あ」も、一言で言うことは滅多になく、「パパパパパパ」であり、「おっ母あ、かあよ、かよ、かよ」であった。それでも事足りたのである。

そんな英司が、二歳になるやならぬかで、突然に詩吟を呻《うな》り出した。

「東〜海い〜のお〜、小島の磯のお〜白砂〜に〜ッ、我え〜泣き〜ぬれてえ〜蟹と〜お、たわむるう〜蟹とたわむるう〜」

彼が二歳になった頃には、もう自由にレコードを選び出して、一人でかけることができた。

「シューベルさん、モーツさん」

などと一人で言い、自分の好むレコードを間違いなく選ぶことができた。それらのレコードの中に、詩吟のレコードが一枚だけ混っていた。彼は詩吟のレコードも時折かけてはいたが、まさか、詩句を正しく記憶しているとは思わなかった。

　夫も私も、英司の奇妙な発達の仕方を、ただ面白いと受け止め、割合早熟な赤ん坊だと思ったことであった。

　英司はリズムを持つ「音」に対してだけではなく、あらゆる物の「音」に敏感であった。時計、ガス、水道、電車、自動車、犬・猫の鳴き声に聞き耳を立て、また、彼自身で、「音」を作り出し試すようなところもあった。

　這《は》い始めた頃から、手の届く物はなんでもぶっ叩いた。壁、床、ガラス戸、卓、鍋、皿、小鉢に至るまで、彼はすべてを叩いて発する音を、確かめているようであった。

　殊《こと》に、人の足音をよく聞き分け、犬や猫の鳴き声に怯《おび》えたりもした。

　私の父は猟犬をことのほか愛した。一度に四、五匹飼うのもさほど珍しいことではなかった。私も猟犬は好きであった。闘争的でなく理性的で、分別のある行動をするからだ。

　猟犬は嗅覚と同時に勝れた聴覚を備えていた。眠っていても、聴覚だけは眠りこけることはなかったようだ。彼らは、家人の足音、また他の物音を敏感に聞きわけた。

　猟犬と同列に英司を考えるつもりはないが、物音を聞き分ける鋭敏さは、猟犬を彷彿《ほうふつ》とさせるものがあった。

　さて英司は、二歳を何カ月か過ぎた頃には、ステレオの電源、スイッチのつまみを正しく操作し、音量の調節も正しくやってのけた。また、子守り唄に歌った聖歌の一つを、完全に覚えて唄っていた。

罪の世人《よびと》らに　血汐の泉を
開きて救いを　現わししイエスよ
いまみ約束に　再びすがれば
白くなし給え　君の血汐にて
雪よりも、雪よりも
白くなし給え　君の血汐にて、

子守り唄として歌った唄では、一番難しい唄である。英司はそれを、片言ではなく、正確な日本語の発音で歌った。リズム感もしっかりしていた。第二子の実穂をみごもっていた私は、英司の甲高い声に合わせて歌うと、息切れがしたものである。

詩吟や、歌の言葉を間違いなく記憶して、歌ったり呻《うな》ったりする英司には、まだほとんど、「話し言葉」がで出ていなかったが、幼児と母親の生活に、さほど支障を覚えるほどのことではなかった。

その頃、英司は銭湯が好きであった。三カ所の銭湯への道をおぼえて、毎回行く先を変え、先に立って行ってしまうのである。小さい水車と如露《じょろ》を持って、昼下りにはもうぶらぶらと、散歩がてら出かけた。

英司は、如露と水車をよく使いこなして、熱心に遊んだ。銭湯では特に、英司は「かわいい」と多くの人達にほめられ、声をかけられたが、英司はなんの応答も返さないのが常のことであった。

顔見知りの人達は、英司の「返事」や「笑顔」による応答を得ようとつとめていたが、遂にどなたの期待にも応じなかった。

「英ちゃんて、まるでお殿さまね。しもじもが声をかけても、振り向きもしないわ」

などと言われたものである。夫や私でさえ、英司の「ハイ」と言う応答を一度も聞いたことはなかったし、呼んで振り向くこともなかった。

「話し言葉」を別にすれば、英司は多くの言葉を知っていたし、充分愛らしい良い子であった。

　こうして、英司が二歳四カ月の時、娘の実穂が誕生した。実穂誕生の時は、夫の姉が上京し、英司の面倒を見てくれた。

　姉は、三人の子供を立派に育て上げたベテランの「お母さん」であり、その育児の申し分ないことは、彼女の三人の子供達によって証明されていた。そんな姉が、何回目かの病院訪問の時、何か困惑気な顔つきで言った。

「英司、ちっとも眠らねえな」

「泣いているの？」

「たまに泣き止むんだけんども、夜じゅう泣いてる感じだなあ」

　この心優しい姉が、何やらうろたえている。次の病院訪問で姉は実に、困惑と疲労の度を深めていた。

「英司、なんも食べないな、ジュース飲むだけでよ、他はなんも食べね。スーパーに連れて行ったら、明星ラーメン買ってさ、それはちっとばっかし食べたっけね」

　この時私は初めて、英司に対する不安を覚えた。

「英司はなんだかこう、見当のつかねえ子だわ」

　姉はぽつりと言って笑った。三人の子供を育てた姉の言葉には、ある種の重さがあった。姉の英司に対する危惧《きぐ》は、恐らく私の不安をはるかに越えていたにちがいない。

　私は特別に退院を許可してもらい、予定より二日早く家へ帰った。

　実穂を抱いて帰った私を、英司は見向きもしなかった。英司と私との間に、なんとも言いようのない違和感が感じられた。

　産後の一カ月は、外出もさし控えねばならなかったが、それでも一日のわずかな時間を、彼の散歩、外遊びに当てた。

　英司は実穂にほとんど関心を示さず、朝から夕方まで、レコードやオルゴールを鳴らし、これに耽溺《たんでき》していった。

　新聞紙を破る楽しみを覚え、木琴、卓上ピアノを叩くことに熱中して日を過ごしたりした。

「話し言葉」のなかった英司は、次第に唄を歌わず、詩吟を呻《うな》らず、夜は長く泣き続け、昼は怒りやすく、偏食はひどくなり、全般に取り扱いが難しくなっていった。それでも私は、姉の言った、「見当のつかぬ子」という言葉の重要さに、気づかずにいたのである。

　実穂誕生前後のことについては英司の証言を得られなかった。実穂の乳児時代のことについても全く記憶にないと言う。

「実いちゃんが下痢をして、音の出る便をしていたのをやっと思い出しました」

　彼は首を傾けながら、当時のことをどうして思い出せないのか、しきりにふしぎがっている。

「おれって、自分のことばかり考える人間だからなあ」

「そうかなあ」

「人のことも考えてあげなければいけないんですね、きっと」

「そうかも知れませんね」

「実いちゃんのことみんな忘れてしまったりなどして……」

「いいのよ、そんなこと……」

転居

二歳十カ月

　英司、二歳十カ月。手狭となったアパートから、現住所に居を移した。

　英司は、自ら二歳十カ月を過ごした狭い二つの部屋から荷物が運び出されて何もなくなった時、火のついたように泣き出した。自動車に乗ってからも身をのけ反らせて、激しく泣き続けた。東京から横浜までの長い走行の間、断続して泣き続けた。

　新しい住居に着いた時、私はなぜか英司に、得体の知れない不安を覚えた。

「ここが英ちゃんの新しいお家ですよ」

　などと、もっともらしく語りかけたりもしたが、英司はなお泣き続けた。しかも、新しい家に入ることを頑として拒み、それはもう梃子《てこ》でも動くまいとする抵抗ぶりである。私はそれまで、英司のそんな抵抗に遇ったことがなかっただけに、ひどいショックだった。

　手伝いの兄や姉達も驚いたようである
「英司、そこらにいろ、遠くへ行くな」

　兄達はかわるがわるなだめてくれていたが、たいした効果はなく、窓の下にしゃがみこんでひいひい泣いていた。

「ちっと外に置いとけば……」

　姉はのんびりとそう言う。私は家に入り、湯茶の用意ぐらいはしたいと食器類を出して、窓から外を見ると、先刻《さつき》の場所にすでに英司の姿はなかった。

「英司、どこへ行ったの」

窓から声をかけると、実穂を抱いた姉が振り返った。

「そこらにいるんじゃない」

「見てなかったの？」

「さっきまでそこにしゃがんでたのよ」

「そこらにいるだっぺや」

兄達もさして気にとめていない。私は何か心がさわぎ、お茶の仕度はそのままにして駆け出していた。団地中、至るところ、引っ越しの自動車と人波でごった返している。その混雑の中を、英司を探し回ること約一時間、私の不安はつのるばかりであった。

英司は自分の名を呼ばれても振り返りもしなければ、返事もしない子である。恐らく至近な物陰にいたとしても、名を呼ばれて、そこから立って出てくるかどうか、はなはだ疑わしい。そうした彼が、この広い団地の、物陰の、どこにもぐりこんだとしても、探し出すのはひどく困難なことのように思えた。

私は疲れて痛くなった足を引きずり、もしかして新しい家に帰っているかも知れぬと足を早めた。家の前には遅れて到着した夫と手伝いの人々が、一団となって立っていた。

「いねえか？」

兄の言葉に私は肩を落とした。昼食をとるのもそこそこに、私達は手分けして八方へ散った。一時間、二時間と時が過ぎても、英司は見つからなかった。

「もう警察に頼むしかないだろう」

兄と夫は走って出て行き、やがて一人のお巡りさんが来た。英司の特徴が次々に記入されていった。そして最後に、

「自分の名前、言えますね」

とお巡りさんは念を押すように言った。首を横に振る私を見て、年配のお巡りさんは、一瞬驚きの表情をした。二歳十カ月ともなれば片言であっ

ても、自分の名くらいは言えるのが当然である。なぜ、その時まで私は、自分の名も言わない英司を、寸分も疑ってみることをしなかったのであろうか。

長い長い一日であったが、その日の夕方、夏の日が傾いた七時頃、団地行きのバスの中で発見された「物を言わない子」が、英司であった。体は水でふやけ、あっちこっち擦り傷だらけである。顔は土ぼこりで、地図の様にうす汚れている。英司は私や夫を見ても、これといった表情は見せなかったが、新しい住居になんの抵抗もなく駆けこんで行った。

そのまま食事もせず畳にごろりと転がると、英司はすぐに眠ってしまった。眠った英司の体を拭いてやる。英司は正体もなく眠っていて、私の知らない昼間の疲れを感じさせた。

私はその夜のうちに、英司の好むステレオ、木製の机を一つの部屋に配置しておいた。

実穂誕生の時から、徐々に歌うことのなくなった英司は、今まで発していた言葉も使うことが少なくなっていたが、この行方不明事件以後は「物を言わない子」として、日常の取り扱いにいたく苦慮するようになった。英司は新しい住居になかなか馴染まなかった。

相変わらず物を叩いたり、引戸、開戸の開閉に興味を持ち、新聞を破り続けてはいたが、それは以前とはどこかちがい、何かを怒っているように見えた。

レコードを聞いている時も、英司の心は少しも楽しんではいなかった。そんな英司は、ちょっと眼を離すと団地から姿を消した。その都度、警察、駅と連絡をとり、彼を探しに走った。彼はいつも、団地行きのバスの中で発見され、これといった事故こそ一度もなかったが、私は彼のバス逃亡にはほとほと疲れた。

「帰巣本能」という言葉が当てはまるかどうかわ

からないが、前のアパートでの生活習慣を捨て去って、新しい家に入るという苦痛から逃亡しなければならない英司の心情が哀れでならなかった。

　これからどうやって新しい生活に馴染ませるか、これは私の大きな課題となった。

　私には三つ違いの弟がいる。この弟がまだ乳呑み児の頃、母は亡くなり、私達は母家から祖母の隠居所に移り住んだ。隠居所と母家は段々畑を距てて、S字型の小道で結ばれていた。弟は毎日、倦むこともなくそのS字型の小道に這い出して行った。

　力なく「あーあーあー」と泣き、母家へ向かって這って行くのである。私は弟が道の途中でへたばるまで、後からついて行った。赤ん坊であった弟の悲痛な行動が風化されることもなく、今も私の脳裏に鮮やかである。

「帰巣本能」という発想は、こんなあたりからきているのだが、英司が新しい環境に馴染まず、母親を無視しての勝手な逃亡は、少なからず私の母親としてのプライドを傷つけた。

「定期を買って、毎日バスに乗せてみてはどうかなあ」

　逃亡防止策などあろうはずもなく、つくねんと黙りこむ私に、夫は静かにそう言った。

「面白そう。英司と共に逃亡者なんて。やってみよう、やってみよう」

　この一定コースをバスに乗るということが習慣化してしまえば、もう遠くへ逃げ出さなくなるのではないかとハタと膝を打った。

　とは言ったもの、目的もなくバス賃を払って、ただの「逃亡者」のまねなんて、とケチな思いに捉われる。団地の中には停留所が三つある。「最低運賃、最短距離」である。

「飯島団地」乗車
「学校下」下車
「学校下」徒歩

「団地入口」再乗車
「飯島団地」下車
これで団地内一周である。彼の逃亡を助けるのではなく、社会生活の一端を学習させようなどと、もっともらしい理屈をつけてみたりもして。

初めのうちは一日に午前、午後と二回ずつこのコースを回っていたが、やがて一日に二回、一日に一回と回数は減らされていった。一年近くもした頃には、彼は「乗る」ことよりは、バスの車種にひどく興味を持つようになった。そして街に出れば、行きずりのバスにいきなり飛び乗ってしまう。

「あのう、このバス、どこ行きでしょう」

「お客さん、どこまで行くの」

運転手さんの機嫌はよくない。

「どこまでとおっしゃっても、今飛び乗ったばっかしで、まだ考えていません」

「冗談じゃないよ、からかってんの」

「すみません、終点まで参ります」

私は至極、真面目である。いくら真面目でも、どこへ行くのか私だってわからない。バスは見知らぬ街から見知らぬ街へ向けて走り続ける。そのうちこのまま無事に帰れるだろうかと不安になる。

「あのう、このバス終点まで行った後、どうするんですか」

「車庫へ帰るよ」

「今来た道を引き返すバスありますか」

「あるよ」

そして急に小さい声で、

「ばかか、このおばはん」

そしてバックミラーをにらみ、運転手さんくっくっと肩で笑っている。

英司がバスの車種に興味を持ってからは、私も自分の住居を中心に、どんな会社のどんな種類のバスがどこへ向けて発着しているか、いささか興味を持った。

市営バス。

神奈川中央交通バス。

江の島鎌倉観光バス。

三種類のバスを次々と試乗して日をすごした。

神奈中バス、市営バス、どこどこ行き、運賃先払い・後払い、車掌さん、ワンマンカー、など、私は必要最少限と思われるところを、必ず英司に説明した。

無論、英司の返事を期待できるわけではなかったし、これらの体験が英司に何ほどの学習になるか、はなはだ疑わしかったが、彼がこのバス学習を心から喜んでいることだけが、唯一の慰めであり、救いであった。

「神奈中バス」

「ワンマンカー」

など、ポツリと言ったりする英司を見ると、もうそれだけで私は嬉しく、過分の報いを受けた気がした。


英司、語る…………………

ぼくはね、小さい時にバスに沢山乗ったから、バスのことならよくわかるのよ。バスに乗って行くところは頭の中で地図ができてゆくんですよ。それで、ぼくはいろんなバスに乗ったわけですよ。今はどこでも行けます。

この彼の証言を裏付ける一つのことを思い出す。中学二年生の夏休みのことであった。彼は、京浜地方の地図を出して思案黙考の末、彼流に一つの計画を持ってやって来た。
久里浜まで一人で行くと言う。
飯島団地―戸塚駅↓江の電バス利用
戸塚駅―長後駅↓神奈中バス利用
長後駅―藤沢↓小田急電車利用

藤沢駅―大船→東海道線利用

大船駅―久里浜駅→横須賀線利用

英司が知恵をしぼった計画は、少なからず私を驚かせた。大船駅に出るにも、戸塚駅に出るのも、バスの所要時間わずか十分前後である。ところが英司の計画通りに回るとすれば、優に一時間余りを要するのではないだろうか。

私は英司に、一つの提案をした。

●英司は英司の計画通りのコースを回り、国電久里浜駅に午前十一時四十分前後に到着すること。

●久里浜で、一応私と待ち合わせ、昼食を共にし、そこで改めて、英司の帰りのコースを相談すること。

英司は簡単に私の提案をのんだ。だが英司と約束をしてしまった後で、私は実行の可能性について不安になっていた。

「母さん大丈夫だよ、戸塚から長後は、おれが小さい時にちゃんと覚えておいたコースでしょうが」

「でもね、長後から小田急で藤沢までは、初めてのコースでしょう」

「あのね母さん、おれが赤ちゃんの時住んでいた千歳船橋、覚えてる？　あの小田急線につながっているのよ」

「赤ちゃんの時は、見ただけでしょ、藤沢の方まで来なかったわよ」

「だから地図で調べたのよ」

英司は自信に満ちて笑っている。

いよいよ英司の計画実行の日が来た。英司の出発後、約一時間半後に家を出た。

久里浜に着いて待つこと四十分、そろそろ不安になり始めた頃、やっと英司が到着した。

約束の時間を何分かはすぎている。彼は大船駅で時間表を読み、駅のアナウンスを聞き、しかも空いた電車が来るのを待ったと言う。

時間の観念を別にするならば、英司は割合落ち着いて行動していたようである。

京浜久里浜の駅前でラーメンを食べて、再び英司と別れた。英司の後半のコースは、京浜急行で横浜駅へ出て、横浜駅から横須賀線で戸塚駅へ帰って来るという単純なものであった。

水あそび

二歳十一カ月

一枚の白黒写真を取り出してみた。庭木の蔭で盥《たらい》に入り、水浴びをしている赤ん坊の写真である。

「英司、これだあれ」

「それぼくだよ。肌色の帽子なんか、かぶってるね」

私は自分の耳を疑った。その写真は、英司満一歳の夏の写真であった。

「如露《じょろ》はピンクでしたね。帽子のリボンは赤だったでしょう」

英司は白黒の写真を、カラーで記憶している。

その記憶は確かなものである。

「ぼくは、水あそびが好きだったねえ」

「横浜に来てからも水あそびしたの憶えてるかなあ」

「ぼくは如露とか、ホースとかであそんだの思い出しました」

「なんで如露やホースであそんだの」

「あれはね、虹を作っていたのよ」

「雨の日も？」

「あはは、雨の日は虹が作れませんでしたね」

彼は屈託なく笑っている。

彼が水あそびを始めたのは、銭湯であった。銭湯の蛇口の水を、さまざまに噴かせたり、持ちこんだ如露、水車を使い、水にあそぶことを覚えたのである。

そして満一歳の夏、初めて屋外での水あそびとなった。その時の情景が、二、三枚の写真となって残っているのであった。

英司は、現在の家に引っ越して来た時（二歳十カ月）以来、「物言わぬ子」としての本分を現し、親と子の心の絆《きずな》ともいうべき確かな手応えが感じられないような日も、風呂に入り水あそびをする時は、いかにも楽し気であった。七月の暑い盛りであったし、朝から水風呂に入るようなことも、しばしばであった。

英司が喜んであそんでいるのだからと、ついうっかりすると、風呂から持ち出した如露《じょろ》の水を、部屋中にぶちまけてしまう。

食堂、洗面所の蛇口は、たちまち噴水にされてしまう。止めさせたいと思うものの、こっちの油断でいつも失敗する。

踏めば「じくり」と水の浮く畳に、分厚く新聞を敷いて就寝するという事態も二度三度。

英司の「水あそび」を、実力行使で止めさせることが不可能であったとは考えていない。あの子が喜んでやっているのだから、と中途半端な親の情、これが水びたしを招く原因の、いわば油断であった。

英司は、レコードをかけても、新聞を破っても、彼自身、少しも楽しんでいるふうではなく、むしろ思い悩んでいるような怒っているような、ひどく孤独な風情を見せていた。

そんな英司の心は、「水」にだけは充分にあそんでいた。

「水にあそぶ」英司の心を損わず、どうかして畳の上だけは、水浸しにしないように工夫したいものだと、私は眠られぬ夜の徒然《つれづれ》に考え悩んだ。考えに考えた結果、彼の手持ち無沙汰の時間を狙い、今までにない、「水あそび」を体験させようと考えついた。

〝水道につないだホースの水を、裏庭に向けて思い切り噴射させてみよう〟

朝、ねぼけ眼《まなこ》で起きて来た英司が、まだ何もしでかさないうちに、とり出したホースを手に持たせてしまう。

　英司はなんにも知らずに持たされたホースから、いきなり水が噴き出したのを見て、眼はパッチリ覚めて輝き、ホースを持ち直す手に彼なりの力が加わる。

　数分もしないうちに、ホースを中空へ向けて噴射、さすが「火消し」の長男（夫は消防署員）、ホース操作の巧みなること。

たちまち、天空に描かれる　水の円舞曲。

英司の手になる　光と虹と。

　太陽の光によって現れる虹を見るたびに、英司は声を上げて笑う。彼の笑い声をもう長い間聞いていなかった、とその時ふと思う。

　ホースを用いての「水あそび」によって、屋内での「水あそび」は徐々に忘れられていった。如《じょ》露《ろ》や水道の蛇口にも、そろそろ飽きていたのであろう。

　夏が過ぎて、秋も半ばとなり、もはや水あそびには適さない季節になった。

「英ちゃん、本物の噴水見に行こうよ」

　英司の「噴射あそび」を止めさせねばならない。他に良い方法も思いつかないが、本物の噴水を見る「満足」をあたえて、前の、「試す満足」をしばらく忘れてほしいと思った。

〝寒くなったから、水あそびを止めようね〟

　普通の三歳児ならば、多分、これくらいのことは難なく理解できるはずである。が英司には、言葉も理屈も通じない。ただ、何かをしようとすれば、思い切った場面の転換だけである。

　英司は、本物の噴水を喜ぶにちがいないと思った。英司の喜ぶことを探し出してやるしか、英司に対する手がかりが私にはない。実に情けないことである。

　噴水のありそうな公園は、私の知る限り日比谷公園、皇居前、浜離宮、明治神宮外苑、新宿御苑など、すべて東京である。

この際少々遠いぐらいは、仕方があるまい。とは言え、実穂を背負い、ちょろちょろ落ち着かない英司を先立てて遠出するには、大げさではなく相当の覚悟が必要であった。

日比谷公園で、初めて大きな噴水を眼の前にした英司は、しばらく棒立ちになった。

「これが水でできているとは、ぼくにはとうてい信じ難い」

言葉を持たぬ英司の、うちなる声が聞こえる思いがした。英司は、噴水が徐々にその形態を変え始めると、駆け出して行って噴水のまわりをぐるぐると走って回り始めた。そして、虹の出る場所へ来るたびにしばらく止まり、空に向けて思い切り跳躍を続けた。

一回、二回と噴水見物に行った後の英司は、もう、家の中でのちっぽけな水あそびには、なんの関心も示さなくなった。

乾きすぎた芝生に水を撒かせようとして、ホースを持たせてみたが、そこへポイと放り投げる始末である。

おかしな話であるが、日比谷公園のほかは新宿御苑も浜離宮も、噴水を探し出すことはできなかったが、英司も実穂も、それなりに満足し、広い空の下を歓声を上げて駆けまわった。

〝噴水へ行こう〟と連れ出しながら、約束を果たせなかったことなど、英司の全く関知しないところであった。時として、言葉の通じない事も役立つものだ。

転居・その後

「英司、ここへ引っ越して来た時、東京の伯母ちゃんに線香花火もらったの、覚えているかなあ」

「覚えていない。でも線香花火なら、父さんの灰皿の上で毎晩やったねえ」

「あれが伯母ちゃんにもらった花火よ」

彼は黙って首を振っている。

「ねえ英司、世田谷からここへ引っ越して来た日のこと覚えてる?」

「覚えてるよ」

「本当?」

「本当だよ。九十九里の、じいちゃんが、西瓜持って来た」

「そうそう、そうだったね。英司さあ、あの時、行方不明になったよね。一体一人でどこへ行ってたの」

「バスで戸塚へ行ったのよ。それから折り返しのバスに乗って、小松ヶ岡住宅で降りてね、本州パッケージまで歩いて、本州パッケージの門にあった水道であそんでいたのよ」

「夕方まで?」

「そう、それから飯島団地行きのバスに乗って帰ったのよ」

「引っ越して来たばっかりでも、飯島団地行きのバスがわかったの」

「どうしてわかったのか、ぼくにはわからないが、わかったんだねえ」

「あの後さあ、英司はよく行方不明になったのよ。

どこへ行っていたの」

「戸塚だよ。戸塚のバス停に行ったのよ」

「それで？」

「バスを見ていたんだよ、知らなかったの？」

近頃の英司は、大いに幼児の時のことを語る。幼い日々の思い出は、みな楽しいとも言う。ほとんど言葉のなかった時代のことも、英司の現在にはなんの障害にもなっていないようである。

「ぼくは小さかった時のことを忘れたくないのよ。母さんはよく忘れますね。今度はね、忘れないようにみんな書いて本にしておいてください」

彼は、本一冊作ることぐらい、なんでもないと考えている。

さて、横浜へ引っ越して来た当初、英司が三歳のころ、夜、昼を問わずに逃亡を繰り返した。夫は、そんな英司を哀れみ、毎晩、大きな灰皿の上で線香花火をたき、彼を慰めていた。

花火の季節が過ぎる頃には、幾らか落ち着き、夜だけは外へにげ出すことはなくなった。

線香花火も、いつか忘れられて、横浜で初めての冬を迎えた。ストーブに火がつけられ、炬燵が出された。よちよち歩きの実穂は、ストーブの火の色に興味を示し、指をさしてさかんに片言を言うものの、決して、一定の距離以上には、ストーブに近付かない。本能的に危険を察知しているようであった。

ストーブをつけるくらいだから、窓を開け放す季節でないことは当然の理であったが、英司は、夏のままの習慣を忠実に守り続けて、朝起きると部屋中の窓を皆開けて歩く。そっと、閉めておくと、すぐさま気付いて開けてしまう。

「まだ屋根があるだけましだなあ」

私は憮然としてつぶやく。

「家の中を木枯しが吹き抜け、風花が舞うなんて。風流だけれど、悲しいよ」

英司をひっ掴《つか》まえて、言ってみる。私の言葉も意思も、英司には全く伝わらない。私の存在さえ、時には見えないようだ。まるで異次元空間から、英司を見ているような気分になる。

寒いからといって、窓ひとつ閉めさせることができない。

英司の今開けた窓を、おかまいなしにガチャンと閉める。英司がすぐ開ける。結局、二人で窓から窓へ駆けまわっただけである。

やがて英司は、窓を閉めることよりは、窓の開閉音の方に興味を持つようになった。英司はガラガラと一つの窓を開閉させ、さまざまに速度を調整し、じっと耳を澄ましてその音を確かめているようである。

ある夜、英司が、電灯に向けて何か振りまわしている。ひどく楽し気に見える。見れば火のついた箒《ほうき》の穂の一本である。

「英ちゃん、火あそびは駄目ッ」

英司の手を掴んで、台所の洗い桶に火のついた穂を漬けて消し止め、捨てさせる。

実穂の笑い声が聞える。振り返ると、英司は次なる一本を手にして、相変わらず電灯に向けて動かしている。

「英ッ、駄目って言ったでしょう」

水に入れて捨てさせること三回、四回。私はもう、そろそろ頭にきていた。

五回目に、箒の穂を摘んできた時、私は英司の手を「ペンペン」と叩いていた。英司はぶたれる自分の手を引っ込めもせず、ほとんど関心なし。それでも次の瞬間、自分の手を「ペンペン」とぶっ叩いて、手に持った穂に火をつけようとする。

私はストーブの火を消してしまい、

「もう、知らない!!」

とむくれ返った。英司はストーブが消えて火をつけられないと知ると、穂を振りかざして焦り始めた。燃えていないガスコンロに向けて火をつけようとしたり、灰皿の中の煙草の吸い殻で火をつけようとしたり、そして遂に泣き出し、長く泣き続けた。

泣き続ける英司を見ながら、自らの短慮が悔やまれてならなかった。泣いている英司に実穂が、ブワーブワーと何か語りかけている。

二人の両手両足は、霜焼けでぷっくりとふくらんでいる。私は箒をそっと隠して、再びストーブに火をつけた。

英司はやがて泣き止み、今度は、お箸に火をつけて電灯に向け動かしている。箒の穂とはちがい、お箸の火の点は大きいせいか、電灯の黄色い丸い笠に、火はゆっくりと曲線画を描く。英司は夢中で振りまわし、実穂はほがらかに笑う。

もう少しで英司の心が見えそうな気がして、私は英司の振りまわす火を、しばらくみつめた。

とはいえ、火あそびは危険極まりない。絶対に止めさせねばならない。英司はなんの抵抗もなく、火を消し止めた箸を捨てる。


「もう火あそびは駄目よ」

クドクド言っても、わかるはずがない。彼は次なるお箸に火をつけている。英司の手を押さえようとすると、英司はさっと台所の洗桶に火を消しに走る。

それからは毎夜、英司の火あそびとの戦いが続いた。箒の頭も、だんだんに禿げてきたことだし、穂がなくなれば止めるだろう。私はさすがに根負けしていた。

火をつけるのは箒の穂に限られていたし、最初の時からずっと、英司は火を消し止めて捨てる、というルールを一度も破ったことがなかったこともあって、思い切ってきびしい態度をとる気にもならなかったのだが。

そんな私の曖昧な態度は、英司に対する大きな油断となった。英司がある夜、箒にまるごと火をつけてしまった。私は、自分の手落ちなど念頭にもなく、すぐに怒り心頭に発していた。英司の尻をぶっ叩いて、火を消し止め、それでも治まらず、怒りに体をほてらせながら夫の部屋に赴いた。その私に夫が言った。

「お母さん、花火を買っておいで。どこかにまだ売っているでしょう。火をもって火を制す、水をもって水を制す、という兵法があるのよ。取りあげないで、あたえてあげなさい。兵法を変えれば済むことです」

怒りが不発に終わるのは、なんとも無惨である。

「そうですか、そうですか、買ってくりゃ良いんでしょ」

せめてもの捨て科白《ぜりふ》を残して、私は夫の部屋を出て来た。夫は温和、誠実、充分優しい人である。しかも、滅多に怒ることも、驚くこともない。取り立ててさからう理由もない。

次の夜からは、水を入れたバケツを持ち出して、時ならぬ真冬の花火大会となった。

花火の煙が、あれほど物凄いものとは思わなかった。たちまち呼吸困難を起こしそうな、猛烈な白煙が部屋に充満する。互いの顔が識別できないほどである。

さすがの英司も、この煙責めには参ったとみえて、花火大会は長続きしなかった。ある夜からは、ぷっつりと花火をたかなくなった。

そのかわり、燐寸《マッチ》を擦《す》ってバケツに投げ入れるあそびに熱中していった。燐寸棒が燃えながら水に影を映して、一瞬にジュッと消えるようすが、よほど彼の気に入ったようだった。

燐寸の火を水に放つ時、英司の口をついて出る「ジュッ、ジュッ」という擬音は、なかなか見事なものである。

「おりこう、おりこう。火は消すもの、火は消すもの」

英司は、バケツの水に燐寸の火を放ち続ける。無心の子供の姿は、まさに全能の神の作品と感じさせるものがある。

英司、語る・・・・・・・・・・・・・・

箒の穂や、割箸で線香花火を作っていたのよ。

一本でもちょっとの間美しいですね。本数を増やすと本物に近づくのですが、音が出ませんでしたねえ。

マッチの火は水に落ちる時だけ音が出て、おまけに湯気を作ることができて、本当に楽しかったですよ。

湯気も芸術ですね。

母さんは昔はよく怒っていましたね。

ぼくの手をぶったりなどして……。

母さんこのごろは全然怒りませんね。

年寄りになったから怒らないんですか。年寄りになって、老女になって、それからやがては天国に行くんですか。


千葉のばあちゃんや、宇佐のじいちゃんや松村先生（歌人・松村英一）はキリスト教ではなかったが、やっぱり天国に行ったんですか？

ぼくは心配していたんですよ。

クリスチャンじゃない人は死んだらどこに行くかぼくにはわからなかったから。そうですか、神さまは、キリスト教以外の人のこともちゃんと考えていますか。それなら安心ってことです。

火は消すもの

三歳五カ月

英司が、ストーブに乗せてあった薬罐《やかん》を傾けて、中の湯をストーブにかけようとした。制止する間もなかった。ストーブは物凄い爆発音を立てて、大きな火柱を打ち上げた。腰を抜かした私は、消火器のところまで這いつくばって行くのがやっと。

消火器を構えて、いざ噴射、と見れば、ストーブの火はまだ激しい音を立てていたが、あのすさまじい火炎は収まり、白い湯気を上げながら燃えている。

英司は前髪をこがし、実穂は私の異様なけんまくに驚いて泣いている。英司にとって、この経験は無駄ではなかった。英司は二度とストーブに近付かなくなった。

だが、今度はガスの火に水をかけ始めた。ちょっとの油断で、ガスは水をかぶってしまう。

言いきかせても、わからない。尻をぶっても駄目。悪くすれば、ガス不完全燃焼で一家皆殺しになりかねない。

ガスの火は、消火音の後に断続するかすかな噴射音があって、英司はどうもこの音にひどく興味をそそわれるらしい。もはや火がついていようがいまいが、ガスの栓を全開にしたいらしい。

私はそうはさせまいと真剣に抗戦に出たが、敵もさる者。人が皆寝静まった丑三《うしみ》つ刻《どき》、一人起き出して行って、家中のガス栓を皆全開にしてしまった。彼はガスをまともに吸いこんで激しく咳きこんでいる。

異様な気配に目覚めた私は飛び起き、ガス栓を閉めた後、英司の尻をひんめくって、平手でどやしつけた。

「ごめんなさいも言えないくせに」

なぜそんなことしか言えなかったのか、私は自らの言葉に傷ついていた。

「ごーめーんーなーさーいー。わぁ、わぁ、わぁ」

突然、英司は「ごめんなさい」と言い、激しく泣き叫び始めた。英司は何回も、

「ごめんなさい」

と繰り返し、かつ泣いた。

物言えぬはずのわが子の「ごめんなさい」
この一言に一夜を泣かゆ

常軌を逸した自らの振舞いを、私は心から恥ずかしいと思った。なおも泣き叫ぶ英司を抱きしめた時、心の中に熱いものがこみ上げてきた。


そんなことがあっても、英司の夜のお勤めはなかなか止まなかった。考えた末、新しいガスコンロを二台買いあたえた。本物である。ピカピカである。

「英ちゃん、ほらシュー、シューよ。これは、英《ひで》の物《もの》、これは英の物」

「英の物、英の物」

と英司が反復する。ガスコンロは、寝る時は英司の枕もと、起きれば畳、卓の上。ガスコンロと共に英司の人生は、しばらくはバラ色。もはや本物のガスコンロには見向きもしない。

「火」や「消火」の方にも、興味がないようだ。私はようやくほっとした思いになった。

団地の隣接地は至るところ、宅地造成が進んでいた。英司は、造成地の工事車が好きで、「ねこ車」を含めたあらゆる車に興味を示した。外歩きのコースは、工事現場の横を通る事が多かった。ある時、大工さん達が焚火《たきび》をしているところに

出くわした。英司は、そっぽを向いて焚火の前を通りすぎた。やや行きすぎてから、急に向きを変え、すっとんで焚火へ一直線。

「火は消すもの　火は消すもの」

そして、あっという間にズボンをずり下げ、何やらつまみ出そうとする。私は彼を背中から引っ捕えて一回転。幸い大工さん達は揃って火に背中を向けていて、このお粗末には全く気付かなかった。

「火は消すもの　火は消すもの」

英司は泣きわめく。

「ごめんな、ボック。後で消すよ」

大工さん達は優しく言ってくれた。

英司の、どこかユーモラスな発想に、私は心をくすぐられる思いがした。

「英司　なぜ泣くの
英司が焚火に
おしっこかけられないと
泣いているのよ」

と「七つの子」調で歌っているうちに、英司も自然に泣き止んでいた。

（英司は言葉をしゃべれないけど、そんなに頭の方悪くないのよ）と思う。

英司は再び「消火」に興味を持った。

一街区から、六街区の焼却炉に、水をぶちこんで歩き始めた。ひとつひとつの焼却炉の火を新たに燃やして、彼の後始末をして歩く日が続く。ひっ掴まえては、ガミガミクドクド。

何しろ英司の方で聞く気が全然ないのだから、いくらがみがみ言っても通じるものではない。焼却炉に水をぶちこめば、超大型の湯気と、「ジュウ、ジュウ」である。

ある日のこと、清掃係のおじさんが、頭から湯気を出して怒った。

「こいつ、どこの子だあ、毎日毎日、焼却炉に水ぶっこんでからにい、このお、煮て喰うぞぉ」

英司は、おじさんに衿首を掴まれて呆《ぼ》んやりしている。

何よ、この糞親父、意地悪じじい、私の子だって知ってるくせに、と一瞬、不埒《ふらち》な思いが心をよぎる。

「誠に申し訳ございません。この子の後始末は、十歩、二十歩遅れても必ず致します。どうぞ煮て喰わんでください」

おじさん、「ニッ」と笑って英司を離した。

「もう、水かけちゃ駄目だぞぉー」

見たところ、英司はたいして何も感じた様子はなかったが、翌日からは、もう決して焼却炉に水を入れて歩くことはなくなった。

「愛の一言運動」

というのを時折り聞くが、「他人の一言」は、ある時は、トンプクのようによく効くものだ、と私は改めて、あの清掃のおじさんに感謝したことであった。

そして突然、誠に突然、英司に変化が現れた。夫が煙草をまさぐり始めるや、英司は、燐寸《マッチ》と灰皿を持って駆けつけるのである。夫の煙草に火をつけてやり、燐寸の火は吹き消した後、水で消し止めて灰皿に捨てる。

夫の喜ぶまいことか。もともと、石仏さまほど表情を崩さない夫が、顔の四隅をずり落としそうにして煙草に火をつけてもらい、得々として私の方をじろっと見、そして「にやっ」と笑う。

日が経つにつれて、英司は、もはや夫が煙草を吸いたかろうが吸いたくなかろうが、おかまいなしにどこぞから煙草を探し出して来て夫の口にくわえさせ、火をつけてしまう。夫は口のあたりに英司の指がくれば、自動的に口を開いてしまう習性となって、物を書き、かつ読みながら、やたらとすぱすぱ吸いこんでしまう。そして、

「少しめまいがしますよ。煙草、吸いすぎたようですね」

といった結果になる。

英司、語る・・・・・・・・・・・

焼却炉はね、初めに、よそのお兄さんが、スプレーで火の玉を作っているのを見たんですよ。それで水をかけてみたら、超大型の湯気を作れることがわかったんですね。

ぼくはおじさんに叱られたのはおぼえています。叱られた後は、もう焼却炉に水を入れないようにしたんです。

焼却炉の屋根でも湯気を作れることが、ぼくにはわかっていたから、ぼくは全然困りませんでした。焼却炉の屋根で作る湯気の方が、すごく芸術的でしたね。

デゴイチみたいに見えました。

ぼくがデゴイチを作っていたら、よそのお兄さんが水を汲んでくれました。

掃除のおじさんが来た時、

「にげろ、にげろ」

と言って、お兄さん達はみんなにげました。ぼくはにげなかった。

――英はどうしてにげなかったの？

お兄さん達は何故にげたのかなあ？　ぼくなんか全然にげたくなかったよ。

――英はどんな時ににげたくなる？

追いかけられた時かな。

ふしぎな習慣

三歳六カ月

物もしゃべれず、子供らしいあそびもせず、自分以外の誰とも心を通わせようとしない英司を、せめて電車に乗せたり、レストランで食事をさせたり、とにかく彼の喜びそうなことは、どんどんやってみよう、という心優しい夫の提案があって、ひと頃、横浜のデパートに通った。

ちょうど英司が電車に凝り始めていたこともあったし、英司の偏食を外食で補う気持ちもあった。英司が喜ぶか喜ばないかわからないし、果たして両親の親心が伝わるかどうかもわからないが、何もしないでいるよりは良い。無駄でもともとなのだから。

さて、初めて横浜の高島屋に行った日、英司は、戸塚西友よりは格段立派なエスカレーターを発見して、一メートル近くも飛び上がるほどの喜びを見せ、私の手を振り払い、エスカレーターに突進して行った。人々をかき分け私が必死の思いでエスカレーターに辿《たど》り着いた時、英司の小さい背中が次の階に消えるところであった。

三階、四階となかば狂乱状態に陥りながら人を押しのけ、英司の姿を探し求めた。こんなに大勢の人がいるのに、今はただの邪魔者、障害物にすぎないとは。私はひどく孤独で、惨めだと思った。

誰に向かって、何を訴えることができよう。悲しいよ。淋しいよ。

最上段まで行き屋上に出てみたが、英司を発見することはできなかった。もうこうなったら最後の手段。エスカレーターで、一階降りては乗り替

えの場所で、

「英ッ、英ッ、英ッ」

と大声で怒鳴って地階まで行き、再び地階から一階へ昇る。一階の踊り場で、もう一度怒鳴ろうとして、息を吸いこみ両手を口に当てたその瞬間、私は等身大の鏡の中に私自身の姿を見出し、ギョッとして、やがて、押さえても押さえ切れない笑いがこみ上げて来て、体中の筋肉が痛くなるほどであった。


私の生家はそろって犬好きであった。ある時スピッツのマリコが野犬狩りに捕《つか》まり、保健所に連れて行かれてしまった。八方手を尽くした後、マリコの所在が判明し、父が引き取りに行った。

門前に自動車の止まる音がして、家人はいっせいに外に飛び出した。自動車のドアが開き、私目がけて飛びついて来た灰色のやせ犬を見て、私はわが目を疑った。異臭を発散させ、小便をもらして、私に飛びついてやまない姿は、まさしくマリコであったが。


私は姿見に映っている自分の姿に、保健所帰りのマリコの姿を見ていたのである。

「あんた、ほんとにわたし？」

私が笑いやめた時、背負われたままの実穂が突然に笑い出す。鏡の中に、実穂自身と私の姿を認めたのである。実穂は鏡の中の自分と私とを指さし、しきりに笑う。

「実穂、お前は天使だよ」

鏡の中の実穂に言い、にわかに現実に引き戻されていた。こんな緊急事態によくも笑ったものだ。しかし、滅入ってゆく心の危さからは救われ、心にわずかなゆとりさえ感じられるようであった。


英司の行方不明も場数を踏んで、私の心はいささか危機感にうとくなっていたようである。私は言い知れぬ罪悪感に囚われ、一気に陰うつな心の状態に落ちこんでいった。

言葉もなく泣きもせず、ただ黙々と自分の目的遂行のために、この大きなデパートの人混みの中を、ひたすら歩き続けているであろう英司の幼い姿を思った。私はこの時、英司の姿とともに、英司の心をも見失ってしまっていることに気付いた。

英司が今、何を目的としているのか、私にはわからない。不確かではあっても、言葉を持たぬ英司の、目的とするところを知り、それをわずかな手掛りとしていたのである。今は何の手掛りもない。

英司は、私に探し出されるまで、決して泣くこともあるまい。彼は彼の目的に向かって黙々と行動するだけである。幼子であっても、目的を持った時の歩みに安定を欠くということはないようである。

英司は最初の行方不明以来、多くのバス逃亡を繰り返したが、迷子としての特徴を何一つ備えていないため、発見は手間どり、彼自身で帰りのバスに乗り、偶然、知人の目に止まり発見される、ということとの繰り返しであった。

英司の自信に満ちた行動は、大人の目から見落とされやすい盲点となっていたようである。

横っ飛びに、すっとんで行くのは、最初の一瞬だけであり、自分の「自由」を確認した後は、一人沈着に行動していたのであろう。

英司よ無事でいておくれ、無事でいておくれ。次第に心は滅入り、痛みが胸を去来する。

この子故母なる痛み日々に深しいたみよ今日のわれを支えよ

エスカレーターを降り、そこでまた英司の名を呼ぶ。

「迷子さんですか」

先刻、鏡で見たとおり、私の実穂を背負った姿は一種異様である。異様なる故に、店員さんの眼に止まったらしい。親切な人だ。私は急に、店員さんにすがりつきたい思いになる。がふと見ると、英司がそこに向こう向きに立っている。

「すみません。ここにいました」

私は私の手を英司に触れさせる。英司の手が私の手を握る。英司は落ち着き払っていて、いささかも不安の跡をとどめてはいない。

「英ッ、母さんの声聞こえた？」

英司はこの日まで、自分の名を呼ばれて物蔭から出てくる、ということは一度もなかった。したがって、英司が私を置いてけぼりにした場所に出て来たのは、偶然かも知れなかった。偶然でも、当然でも、奇跡でも良い、英司が無事であったことは無上のうれしさであった。

英司は、デパートでよく姿をくらました。最初の「迷子」以来、私は他によい知恵もなく、英司の姿を消した周辺をゆっくり歩き、要所要所で、彼の名を呼び、元の場所に戻ると、たいてい英司はそこに出て来ていた。

私は英司のこの習性を大いに重んじた。

ある時動物園で、パッと姿を消した。私は英司の例の習性がここでも通用するのかと、多少不安を覚えた。デパートと動物園では規模が違いすぎる。

私は英司の消えた方へ駆けながら、例によって金切り声で吼《ほ》え立てていた。すると、すぐ目の前の道の横手から、英司が駆け出して来た。わぁーよかった、と思ったのも束の間、英司は私の前を素通りして元来た道へ引き返す。全速力である。私は悲鳴を上げて、英司の後を追う。

英司は先刻《さつき》はぐれた場所まで来ると急に立ち止まり、ゆっくりとそこいらを見まわしている。

英司のこの習性は奇妙ではあっても、自分の名を呼ばれたことに対する返答の行動であることに、ちがいなかった。そのことが私をわずかに慰め、また勇気づけた。

いつになったらまともになるか、見当もつかなかったが、明日も生きてみよう、明日は今日より少しはましだろう、という気にさせられていた。

「英、綿飴《わたあめ》食べる?」

「…………?」

ビニール袋の中から、真白なふわふわを少しちぎって英司の口に持ってゆく。

「英、食べてみな」

背中の実穂は片言を言い、もう一人で食べ始めている。私は背中に結わえつけている実穂をよく忘れてしまう。いつも英司の行動に神経を張り詰めていて、実穂の存在を忘れてしまうようだ。

実穂ももう一歳余、小柄な私の背中には重い。肩に喰いこみ、胸を締めつけている背負い紐を少しゆるめる。ふと切なくなってしまう。

「実いちゃん、わたあめおいしい?」

「あーい、あーい」

「英、わたあめおいしい?」

「…………」

「帰ろうか?」

「…………」

ともあれ、英司がデパートや動物園などの雑踏と喧騒の中で私の怒鳴る声を、あの鋭敏な聴覚を用いて聞きわけ、即、行動できるようになったことは、わずかながら私を慰めた。

自分の名を呼ばれると、自分の元いた場所へ立ち戻る、という習性は小学校三年生ぐらいまで残っていた。

一人で外あそびができるようになってからは、家が彼の起点である。家へ呼び戻したい時は、団地中の要所要所で英司の名を呼んでおいて家に帰ると、英司が先に帰っていたり、私が一足早かったり。しばらく待っても帰らなければ、団地内にいないのである。

彼は自分の名が呼ばれ、それが自分の耳に達した以上、万難を排して自分の起点へ速やかに直行するのである。

「もう少しあそんでいたいから」と言って聞こえない振りをすることは、決してない。彼は、自分も人をも偽る知恵をもっていない。

デパート通いに馴れてくると、英司は地下街など縦横に行きめぐり、私は英司の背中を見失うまいと必死であった。そして、ふと気付くと、今いる地点がどこなのか、見当がつかなくなっている。「英ッ、電車に乗るの、駅に行くの」と一言、一言英司に言い、回れ右をさせて歩かせる。英司は一度も振り返らず、やや慎重にスタスタと先立って行く。

曲り角に来るたびに、斜め上空を見上げ、ひと呼吸ほど足を止め、一つの角を曲る。

英司の背中を見ているうちに、突如として駅前に出ているのである。

ある時、逗子へ用を持って知人を訪問した。交番で聞いたり、煙草屋さんで聞いたり、中途で道を引き返したり、散々迷った末に、やっと知人宅を探し当てた。駅から十四、五分のところを三十分以上も要していた。

たいしたことでもない用が済み、知人宅の門を出た途端、「右」へ行くか「左」へ行くかわからなくなっていた。

「英ッ、電車に乗るの、駅に行くの」

英司は黙って先立って行く。見覚えのあるトンネルがあって、田んぼがあって、来る時に間違えて引き返したところも忠実に歩み、間違いなくもと来た道を帰っていることが私にもわかった。

英司はまだ「話し言葉」がなかったが、「電車」「駅」「お家」「帰る」などの単語を通して、私の願うところを正しく理解することができるようになったのである。

「言葉」だけを頼りにするつもりはないが、言葉は神のあたえ給うた至高の宝のように、私には思えた。

英司、語る・・・・・・・・・・・・・・

ぼくはね、自分で引き返せる範囲で行動していたのよ。

ぼくが歩けば、ぼくの歩いたあとに地図ができるわけでしょう。ぼくは、その地図を引き返していたんですよ。

お母さんはいつも、ぼくの地図がよくわかったですね。

よくわかるから、ぼくの後から歩いていたんでしょう。

この頃はお母さんは、ぼくの前を時々歩くから、その途端に地図がわからなくなって迷ってしまうんでしょう。

——母さんはね、英だけが頼りなのよ
ぼくだけが頼りですか、ふーんそうですか。お父さんはどうですか。
——英の方が父さんより大きいでしょう
ぼくの方が大きいですね。なるほど。

偏食

三歳七カ月

　英司の偏食は非常に頑固で、二、三日、固型物をまったく受けつけない、ということがしばしば起きた。

　私は、食べることが人生だ、と思う。「食べる」ことが即、生きる希望であった自分の幼い頃のことを考えると、あまりにもちがいすぎる英司に対して、いささか絶望的になっていた。

「食べることが人生」

　という基準で判断するならば、英司は生きる希望も楽しみも失い、目下「ハンスト」決行中、ということにもなりかねない。

「お父さん、英司はもう三日もご飯を食べませんよ」

「ご飯は前から好まなかったよね」

「チーズとチョコレートとカルピスだけしか、受けつけないのよ」

「それだけ食べていれば上等でしょう」

「命に関わる重大事じゃありませんか、よくもそんなに呑気《のんき》なことを言えますね」

「あのね、お母さん、馬や牛はね、ほんの数種類の草っぽろを食べているだけでしょう。それなのにたくましく大きく育って、あれで一生生きているんですよ」

「あの子は馬じゃありません」

「じゃ、考え方を変えよう。英司は食欲が無いわけじゃないのよ。食べ方の問題で、何か障害があるんでしょうね。何もあなた、何を喰ったって喰っている限り、死ぬことはありませんよ。われわれだって戦後の動乱期に育って、碌《ろく》なもの喰わなかったでしょうが」

わが夫、一見鈍牛風。無論もの静か、実直そう。無口、控え目。この夫が、こともあろうに切れ味の冴《さ》えない論法で、いつも私を黙らせてしまう。

当然のように私は黙りこむ。

(なんといっても一家の養い主、二児の父。酒はやらず、ギャンブルは知らず、道楽はなし、唯一の欠点は糞真面目なことぐらい。かかる売れ残りと勇気ある結婚をした心優しい人である)

わが意を得たりと夫は言葉を続ける。

「子供なんて腹が減りゃ盗んででも喰うものですよ。よその柿を盗んだりしてさ」

私は黙ってうなずく。

英司の偏食は、偏食以前の問題として、

「食卓に着かせる」

「箸、スプーンを持たせる」

など、離乳後の食事習慣が、ほとんど手つかずのままになっていた。

皿とスプーンを持って追い回しながら食べさせたり、座りこんで動かないステレオの前まで食卓を運んで行ったり、悪戦苦闘してむりやり食べさせようとした結果、ただ、英司の食事ぎらい、ひいては偏食の元を作っただけに終ったような、自責の思いが今もある。

「デパートの食堂みたいな所に連れて行ってはどうかねえ。英司が喰おうが喰うまいが、お母さんはちゃんと喰って英司を待たせなさい。右を見ても左を見ても、物喰う人間しかいないところにおれば、英司だって、五感を立派に備えた人の子だ。何か感じるでしょう」

「…………」

「普通はね、食卓に着いて飯を喰うぐらいは、いちいち教えるほどのことじゃないわけよ」

「父ちゃん、じゃ英司は普通じゃないって言うの」

普通ではない、という不安は平素私を悩まし続けていた。確かに幼児は、見様見真似で人の教えることをはるかに越えて、多くのことを自然に覚えていくものである。

英司は見様見真似の部分が、なぜか欠落しているように思える。

人並以上の聴覚を備えていながら、人の「言葉」に注意を向けようとしないし、人、そのものに関心も向かないようだ。確かに普通児とはかけ離れている。

「母さん、あなたは頭が悪いのだから、いろいろ深く考えようとしない方が良いのですよ。下手な考え休むに似たりって言いますよ」

夫は、陰険な形相をしてにらみ据える私を、平気で見返している。

「どうせ私は、頭も心も顔も意地も悪いのよ」

「英君も実いちゃんも、お母さんとホットケーキでも食べに行きなさい」

よちよち歩きの実穂が、卓の下から出て来る。私が手を差し出すと、最後の数歩は全速力で歩み、どさっと私の手の中に倒れこんで来る。実穂のもつこれらの動作は、英司にはなかった。

「下手な考え休むに似たりかあ、仕方がない、父ちゃんの言う通りにしよう」

実穂を背負い、英司の手を引っ掴むと、なぜか心が引き締まる。おのずから「いざ戦場へ」という気になる。

夫の言うように、デパートの食堂は壮観である。「喰う気」で来る場所であり、「観る気」で来るべき場所ではないな、と至極当然のことを至極強烈に感じていた。

果たして英司は、「喰う気」になったであろうか。食堂に辿り着くまでに、すでに英司は店内で一度行方不明になっていたし、腹は空いているはずである。

背中の実穂は、食堂の喧騒と猛烈な「おいしい」匂いに眼をさまして、さかんに体を動かしては片言を言い始める。

「英ッ、ホットケーキ食べようね」

私は広い食堂の真ん中あたりに席を取った。

「英、よく見て、みんな、おいしい人間ばかりでしょう」

英司は、椅子を倒して裏側のねじをいじっていて全く無関心。まわりの人はそんな英司をちらちらと見ては、ひたすらパクパクモグモグ。英司はやがて卓の下にもぐりこみ、卓の天上をどんどん叩き始めた。

フォークに刺した一口大のホットケーキを、卓の下の英司に向かって突き出す。手応えがあった。覗いてみると、食べてる食べてる。

実穂は切らずに一枚まるごと渡し、哺乳瓶のジュースも渡す。実穂はいつも私の背中で上手に食事をする。少しも面倒をかけない。

私は卓の下の英司に、何回かホットケーキを突き出して食べさせていたが、その動作も中途で止めてしまった。

「お母さんだけは食べなさい」

と言った夫の言葉を思い出したのである。私は二人分のバターと蜂蜜を丹念にたっぷりと塗り、一切れ切り分けて食べようと身構えた途端、卓の下からぬーッと出て来た英司の口が、それをパクリと奪い取ってしまった。

英司はもう、どこも横見をしないで、私の持つフォークの動きを一心に追っている。そして英司は、遂に一切れも残さず、ひと重ねと一枚のホットケーキを平らげた。しかも、卓の上でのびかけているラーメンの丼に、手をのばした。

英司の食欲にあきれながらも、夫の提案が、こんなにたやすく成功したことが、口惜しいような気もしていた。

それからは、家でもホットケーキを焼き、ラーメンの出前を頼み、長い間これらの物が、英司の主食の役目を果たした。

　また英司は、ラーメンだけは卓に着いて食べることができるようになり、英司の「人並み」の部分をやっと見つけ出して、夫も私も至極満足であった。

　ある時、突如として英司の激しい泣き声。

「どうしたの」

　駆けつけてみると、夫はしきりに英司に謝っている。

「英君、ごめんね、英君がどっかへ行ったから、もうこのラーメンいらないと思ったのよ。パパは知らずに食べたのよ」

　空になった丼を見ながら、英司は泣き続ける。夫の弁解などわかるはずもない。

　夫のこうした失策は、たびたび起こった。

　英司はやがて、食事を中座すれば自分の食べ物が危ない、ということを経験上悟るところとなり、やがて食卓から逃げ出すことは少なくなっていった。

　食卓に着くことができるようになれば、自然と食卓に並ぶものに興味が向き、トースト、カレー、焼肉、サラダと食べる品目も日ごとに数を増していった。

　とはいえ「バタートーストとココア」だけが半月余りも続く、ということは当然のことで、ある食品から次の食品への移行には、いつも手間どったものであった。

　現在の英司は、あの悲惨な偏食との戦いの日々のおもかげなど、そのかけらほどもとどめておらず、

「食べることが人生」

　である私の血筋を、見事に裏付けてくれている。

英司、語る…………………

ぼくは小さかったので、噛む方法がわからなかったんですよ。誰も噛むことを教えてくれなかったでしょ。だから口の中でとけて、自動的に喉にすべっていかないものは、食べなかったわけなのよ。バナナはよくすべりましたが、りんごや梨は、喉から逆流しましたね。

「噴水、行く」

三歳八カ月

長い冬がすぎて、桜前線が報道され始めた。

突然、英司が叫び立てる。私は大いにあわてて、

「噴水、噴水」

昨年どこかへ放りこんだホースを探してベランダに出し、英司に持たせせた。

「今ね、お水出しますよ」

英司は持たされたホースを足もとにポトリと落として、のこのこと私のところへやって来た。

「噴水、噴水、噴水」

と鼻を鳴らす。

「だから、今、水を出して上げます」

「噴水、噴水、行く行く」

「なに、噴水に行きたいの？」

「噴水、噴水、行く行く」

「少し待ってなさい」

「噴水、噴水、行く行く」

「だから、少し待っていなさい」

「噴水、噴水、行く、あーん、行く」

やがて泣き出す。

「連れて行って上げます。だから、もう少し待ってね」

考えてみれば、「待つ」ことがどんなことか、英司にはわからないのである。結局、私が洗濯を終えて、出かける仕度ができるまで、

「噴水、噴水、行く行く」

と泣き続けている。私は実穂を背中にしっかり結わえつけて家を出た。家を出てはみたものの、前もって計画しておかなかったことだし、遠出で

きるほどの時間もなかった。

　とりあえず横浜駅で電車を降りて、タクシー乗場に行った。

「すみません噴水のある所に連れて行ってください」

「お客さん、動物園かどこか、行く先をきめてよ。噴水なら、喫茶店でも置いてあるよ」

「動物園に噴水あるでしょうか」

「とにかくさあ、乗るの、乗らないの、早くきめてよ。あとがつかえてるよ」

　私は英司を急がせ、タクシーに乗りこんだ。

「動物園には、小便小僧ぐらい立っているでしょうよ」

　運転手さんは、親切にそう言ってくれた。

「ありがとうございます。探して見ます」

　英司は、当初の目的「噴水」をまだ覚えているだろうか。探し出せなかったらどうしよう。私は不安になっていた。

　野毛山動物公園入口でタクシーを降りた。また、うすら寒い木の下蔭の坂道を、英司を先立てて歩く。

「噴水、噴水、噴水」

　英司は突然走り出して、道をそれた山腹へ姿を消した。私は背中の実穂をゆり上げて道を急いだ。たちまち、全身に湯を浴びたような熱感が湧きあがる。息をぜいぜい切らして、英司の消えた木下を透かし見る。

　そこには確かに噴水があり、ささやかな水を噴き上げている。英司は例によって噴水の周囲を駆けている。駆けるだけで立ち止まらない。噴水は、山や木立で日光を遮《さえぎ》られていた。虹が出なければ、走り止める場所の見当がつかないのであろう。

　顔を上気させ、汗びっしょりになるまで英司は駆け続けた。やがて、ふっと虚脱したように私の所へ戻って来た。

　折角だから動物園まで登ってみたが、英司は動物にはほとんど関心を示さない。実穂一人、背負われたままさかんに片言を言い、右に左に体をねじ曲げて動物の観察に余念がない。

「わたあめ」と「旗」と「風車」を買い、英司と実穂の、それぞれの心の満足を慰めとして、日暮れ頃動物園を後にした。

春がすぎて梅雨期に入った頃のこと。その日は朝から大雨が降っていた。所用があっても、外出には二の足を踏むような日であった。英司はその日は朝から、

「噴水、噴水」

と言い続けていた。ちょっとぐらい待たせても、いずれ一緒に外へ出るのだから、と私は私で、

「ちょっと待ってな、あとでね」

などと、煮え切らない返事ばかりしていた。

急に静かになったと思ったら、もう英司の姿は消えていた。まるで「忍者」のように、音もなく消えるのが常である。

いつものことながら、彼が姿を消した後の二、三分の時差は、どんなに力んでみたところで、地図のない「迷路パズル」を突きつけられたようなものである。東西南北に向けて、不安と焦りは一目散に突っ走るものの、私はてきぱきと物事を判断して、行動できる性質ではない。ただ、とりのぼせて、安定を欠いた捜索を繰り返すのみであった。

だが、この日は何か、心にひらめくものがあった。「噴水、噴水」と言い続けていた英司の言葉で、一つの場面を思いおこしていた。

英司が忍者「猿飛び」なら、私は女忍「くの一」などと考えたりして、ずぶ濡れ覚悟で、外へ出た。

眠っている実穂を家に残して鍵をおろす時、いつものことながら心が痛む。実穂はほとんど泣いたり、ぐずったりしない子である。一人あそびに

馴れてもいる。雨の中を走りながら、

「実穂、ごめんね」

と声に出し言ってみる。

英司は雨の好きな子である。雨が降れば傘をさしたりささなかったりで、外へとび出して行った。道路にできた流れや、水溜りは、英司の足によって踏み立てられ、見事な芸術現象を見せてくれた。だが今日は、「噴水」を試しに行ったにちがいない。私は確信に満ちて、激しい吹き降りの中を飛ぶように駆けた。

果たして英司は、見覚えのある農家の軒下にしゃがみこんでいた。彼の傘には、壊れた樋の水が、ガボガボと吐き落とされている。私は、自分の予想が的中したことがとてもうれしく、息をはずませて英司に駆け寄った。

「あんた、この子の母ちゃん？」

軒下からぬーっと現れた若い男性が、不機嫌そうにそう言う。

「困るよ、早くなんとかしてよ。自動車出せないよ。そこへ立っていては邪魔だ、と言ったら、この子、しゃがみこんで動かないんだもの、やだよ」

「ねえ、この子本当に、立っていちゃ駄目と言ったら、しゃがみこんだの、本当？」

かっこいい青年は、そっぽを向いた。

「自分で聞いてみれば」

「ねえ、お兄さん、自動車出した後、もう少しここにいてもいい？」

「おばさんの勝手だろ。何も軒下が減るわけじゃないもん」

そして、威勢よくエンジンを噴かせ、どしゃ降りの中を泥水を蹴立てて発進して行った。私は走り去る自動車に、思わず最敬礼をした。

英司は、自分からの要求を一方的に、単語の幾つかを使って言うことができたが、私はもちろん、ほかの誰から声をかけられたとしても、ほとんどなんの反応も示さなかった。

そんな彼が今、この青年の言葉を聞き分けて、それに即した行動をしたという。驚くべきことであり、信じがたいことでもあった。

（いっちょ、試してみるか）

英司を樋の下に立たせてやる。英司はピンクの傘を打つ水音に、じっと耳を傾けている。

「そこへ立っていては駄目」

と言ってみる。

「立っては駄目、立っては駄目」

英司は、おおむ返しにそう言い、そこにしゃがみこんだ。

「わー、わー、わわわ」

私は、声を立て、そして笑い、笑いながらなぜか涙があふれた。

これが英司の「話し言葉」の初め、他人の言葉を理解するきっかけとなった。

「英司の言葉」「英司の言葉」、樋の割目から落ちて来る水音が叫んでいるように聞こえる。うれしさが心の内を駆けめぐった。

それ以後の雨の日は、壊れた樋の下にしばしば通った。最初のうちこそ神妙に、樋の水の傘を打つのをじっと静止して聞いていたが、いつも勢いよく水が吐き落とされるほど、大雨は降らない。英司は傘をくるくるまわす事を覚え、次第に激しくまわすことを覚えた。

それは猛烈な平面水車である。彼独特の創作曲芸である。英司が大きく笑う。離れて見守る私も、喝采を惜しまず笑う。それを見て、通行人が眉をひそめて笑う。

時折り指さす人がいる。非難する人がいる。人はさまざまだ。開き直り、はみ出してしまえば、至極気楽なもの。今更取り繕わねばならぬ見栄もなし、捨てねばならぬ見識もない。

壊れた樋の下である日、英司の傘の天井が抜けた。彼は一瞬、自分の置かれた情況がのみこめないようであったが、次の瞬間、なんとも言いようのない悲鳴を上げた。

〝滝打ちの行〟よろしくずぶ濡れになった英司は、ぶるっと、身ぶるいをしたかと思うと、私に突進してきた。私は思わず身を避ける。

「触《さわ》るな、触るな、近寄るな」

なぜか不埒《ふらち》なことを考えている私に、英司はしがみついて来た。まだ体がぶるぶるとふるえている。急にいとおしさが湧いてくる。

「大丈夫よ、怖くないの。傘が破れただけよ、大丈夫なの。恐ろしくないの」

じわじわっと冷たい水気が衣類にしみて肌に達し、やがて水気の中に、英司の体温が伝わってくる。

「スキンシップの気分って、こんなふうなのかなあ」

と唐突に思う。

雨の日に、ずぶ濡れの子が歩いていたからといって、不思議なことではない。私は幼い英司の体温を確かめるように、横腹に抱き寄せて家路についた。


英司、語る…………………


水は芸術ですね。虹も作れるけれど、いろいろな型が作れるでしょう。いろいろな光を作れるでしょう。泥水や、濁流は生き物みたいでしょう。ぼくは芸術が好きなんですよ。

水が顔を変えて変化するのは芸術なんですよ。

屁の唄

四歳の夏

「英ちゃんのへーはプーと鳴る
パパのへーはブーと鳴る
実いちゃんのへーはピーと鳴る
母さんのへーは
あらスースースー」

風呂あがりの英司は、いつものことながら、部屋の中に円を描き、ぐるぐるまわりをしている。

「プーッ、プーッ、プーッ」

英司は続けざまに三発も、あのおかしな奴を落とした。何しろ一糸まとわぬキューピースタイルである。一切の障害物もなく、その音は、ほがらかに響き渡った。

英司は音の出所を確かめようと、小犬が自分の尻尾を追いかけるように、むっくりと肥え太った体をねじ曲げて、小さくぐるぐるまわりを始めた。

私は即座に思いつくままに、歌い出していた。

当時、テレビの子供番組でよく歌われていた「あら、どこだ」という曲に、家族全員の「屁」を、ぴったりと歌いこむことができたのである。偶然というか、天の助けというか。

この替え唄の最後の部分「あらスースースー」が終わるや、突然、英がげらげらと笑い出した。実穂は英司の笑い声に驚いて、次の部屋から駆け出して来る。実穂もパンツを穿《は》いただけのエンゼルスタイルだ。

私は二回目を続けて歌う。英司は体をよじり、腹をしぼるようにしてまだ笑っている。

実穂が笑い、私も笑いながら唄をくり返す。

「父ちゃん、英司が屁をこいて笑っています」

「なんですか、屁だなどと不謹慎な」

それでも夫は、自分の部屋から飛び出して来た。

「笑ってないじゃありませんか」

「今笑っていたのよ。英ッ、英ッ、笑いな」

「やっぱり笑いませんね」

夫はいかにも残念そうに、英司を見ている。

「父ちゃん一発やりな。そうしたら笑うかも知れないよ」

夫は私をにらみ、無念そうに自分の部屋に引き揚げて行った。

英司が人と笑いを共有する、という場面を見たのはこれが初めてのことであった。

実穂が涎《よだれ》をたらしてまつわりつく。

「へのヒ、へのヒ、へのヒ」

「実いちゃん、へのヒってナーニ」

実穂は英司の方へ、まつわりに行く。

「へのヒ、へのヒ、へのヒ」

すると、ふしぎなことが起こった。英司が後ずさりをして、逃げ腰となったのである。やがて背中を向けて逃げ始める。実穂が追う。追いながら実穂は叫び続ける。

「へのヒ、へのヒ」

二人は追いつ追われつ、ぐるぐるまわりをする。英司と実穂が、兄と妹としての関わりらしい関わりを見せたのは、これが初めてであった。

「英ちゃんのへーはプーと鳴る
パパのへーはブーと鳴る
実いちゃんのへーはピーと鳴る
母さんのへーは
あらスースースー」

私は再び歌い始める。二人は走り止めて、笑い声をあげ、そしてこもごもに、ぴょんぴょんと飛び始める。

「へのヒ、へのヒ」

「実いちゃん、実いちゃん」

私はうっかり聞き落とすところであったが、英司が実穂の相の手に、

「実いちゃん、実いちゃん」

と言っているのである。

英司はまだ、わずかな単語と、おおむ返しをぽつりぽつりと言う程度であったし、家族の名を呼ぶことなどなかった。そんな英司が、実穂の存在を充分に意識して、

「実いちゃん、実いちゃん」

と言っているのである。私は二人の仲間に加わり、歌いかつ笑い、飛びはねた。うれしさが心をかけめぐった。

日本では古《いにしえ》の昔から、「放屁」は厳に慎しむべきものとし、忌むべき取り扱いを受けていたようである。

ひとさまの家で、うっかり取り落とそうものなら、古びた女性たちに、にらみつけられ、

「お謝りなさい」とやられる。

だが、私は、

「屁はみ仏のご息なれば、仏《ぶつ》と申す。それ五穀の成仏《じょうぶつ》じゃ」

こう言って豪快に、こき放していた父の影響をまともに受けていたようで、忌むべきものとの偏見は持っていなかった。

ともあれ、実穂の「へのヒ」というリクエストで、「屁の唄」はたちまち、わが家のヒットソングとなった。

英司が歌い、私が歌い、実穂が呻《うな》り、そして長く歌われ続けた。

長い間、唄を忘れたままだった英司に、再び唄が甦《よみがえ》ったことは、私に大きな希望をあたえた。

英司よ、母ちゃん頑張るよ。

「ボクのお家は飯島団地
○ノ○ノ○○○よ
ボクの名前は真行寺英司
八月で四歳になりますよ」

リズムなどは口から出まかせであったが、それでも曲になってはいた。曲になっていたから、英司はやがて歌い出した。唄を歌うんだから、やがて、しゃべり始めるだろうと、夫も私も、英司の「明日」にわずかな期待を持った。

「素晴らしい　スバル
かっこ良い　スバル
英ちゃんの　スバル
ワンダフル　スバル
ラララララー
素晴らしい　スバル」

英司の一番気に入った自動車の型が、当時大流行した「天道虫」型のスバルであった。

英司は、玩具のスバルと、この唄との関連を多少意識して、この唄をすぐに覚えた。

コンクリート・ミキサー車が団地に迷いこんで来た。五台ばかりもの後続車を従えて、のろのろ運転をしている。

英司は、窓から身を乗り出して、いたく感動した様子をしている。私は早速、即興曲を試みる。

「ミキサー車はのろのろ
スバルはスイスイ
乗り合いバスは
よたよた走る
高速バスは早いなあ」

言葉に行き詰まり、メロディに詰まり、辛くも歌える曲となる。

英司はすぐに覚えて、歌い始める。ミキサー車の唄を覚えた頃から、英司の単語は目立って多くなっていった。


英司、語る…………


唄はね、ぼくが赤ちゃんの時のお馴染みでしょう。だからすぐおぼえられたんですね。

おならの唄も、ミキサー車の唄も楽しく歌いましたね。なつかしいですね。

唄はレコードと同じだからおぼえやすかったですね。

お話しは「きまり」がないので、なかなか耳に通じないし、おぼえるのが難しかったですよ。

——きまりって、リズムのこと?

リズムだけじゃなくて、唄は「ことば」がきまっているでしょう。

お話しことばは全然きまっていないじゃないの。

だから、おぼえるのが難しかった。

目線が合った

四歳一カ月

英司の単語は確実に増え、おおむ返し式の「話し言葉」も出始めたが、依然、家族以外の誰にも英司の関心はなく、呼びかけられてもなんの反応も示さないことが多かった。

もはやこれ以上放っておけない。ようやく一つの相談機関を探し当てた。まさか自分の子供のために必要になるとは、思ってもみなかったことである。

「軽い遅れでしょうね。

言葉？

出ない場合もありますね。

治療法？

今のところ、これといったものは………

治療機関？

ないこともないんですが………

まあ、様子を見ましょう」

「この種のお子さんは、時として、無意味な行為、例えば、一本の紐《ひも》をもてあそぶとか、グルグルまわるレコードなどをじっとみつめるとかして、日を過ごすようになることがあります。あんまり多くの期待を持たないで、むしろのんびり養育されるのが良いでしょう」

それは真実味のある真面目な言葉であった。真実で真面目な言葉だけに、私の失望とショックは大きかったと言える。

私はすごすごと相談室を出て来て、どこにぶつけて良いかわからぬ憤りと悲しみに、身をふるわせていた。

「治療法」が見当たらないなんて、それじゃ英司は「言葉のガン」「知能のガン」に冒されていると同じだ。

怒るいわれもないものを、私は完全にのぼせていた。しばらくはこの怒りを支えとして、「無意味」と言われれば思い当たる英司の二、三の行動を、私は私の思念の中で必死に追っていた。

人は、自分にとって、意味も目的もない行動を起こすものであろうか。

英司に限って見れば、私は「否」であると考えたかった。

オルガンを、ガオーガオーと鳴らし続ける。

ガラス戸を、ガラガラと引き続ける。

襖を、ギコギコと引き続ける。

冷蔵庫の扉を、開閉し続ける。

自分の胸を、ドドンコ、ドドンコと飽きずに叩き続ける。

英司の持つ無意味と思われる行動は、毎日々々の英司の日課ですらある。家にいる限りは、これらのどの行為かを熱心にやり続ける。たまったものではない。

それだから、雨が降ろうが晴れようが、家の中にいることは少ない。

「英ッ、外へ行こう」

外は雨であったが、例によって英司の、オルガンのブォーンブォーン、胸を叩くドドンコドドンコを我慢し、頭をガンガンさせているよりは外を歩くほうが良い。

実穂が、おんぶ紐を持って走って来る。実穂はひどく小柄で、足がガニ股に見えるほどやせている。

ほどなく二歳の誕生日を迎えようとしていたが、外へ行くことがわかれば、疑いもなくおんぶするのを当然としていた。

手をつないでもらい、自分で歩きたい、と言って、私を困らせたことは一度もない。

こんな幼い子が、自分の分をわきまえているのであろうか。思えば不憫《ふびん》でならない。

「英、踏切りに行こうね」

「英、踏切りに行こうね」

英司は私の言葉さながらに答えて、玄関へ駆け出して行く。どうやら通じたようだ。

「先に行ってしまっちゃ駄目よ」

「先に行ってしまっちゃ駄目よ」

あまり聞き分けてはいない応答を返した英司は、私たちを待たずにもう外へ、とび出して行ってしまった。

団地を出て、山合いの坂道を下り鯉の池を覗く。

「鯉《こい》」

と英司が言う。すかさず、「鯉」と私は答え、そして歌い出す。

「緋鯉《ひごい》と真鯉《まごい》、ひい、ふう、みい」

「鯉、鯉、鯉」

英司は二、三回体をはずませて飛び、そして走り出す。

「肥溜《こえだめ》、肥溜、肥溜」

英司は畑の畔《あぜ》に入って行き、肥溜の存在を確かめる。

「肥溜、肥溜、肥溜」

私は、英司の言葉そのままに反復する。英司はもう一度、

「肥溜、肥溜、肥溜」

と言い、そこでまたぴょんぴょんと跳躍運動をする。

そして英司はまた走り出す。

「ブーブー、ブーブー、ブーブー」

背中の実穂が先を行く英司に呼びかける。

「豚、豚、豚」

英司は走りながら、振り向きもせずに実穂に答えている。

養豚舎の前に行く。一つの檻《おり》では四、五頭の赤ん坊が生まれていた。淡いピンク色のプリプリし

た体で、身軽に押し合い、へし合い、とびはねている。

「豚、豚、豚」

英司は、子豚の「フィッ、フィッ」という鳴き声が気に入ったらしく、笑い声をあげてここでも、あのぴょんぴょん運動をしている。

「豚、豚、子豚、こいつにきめた、ブー」

私が歌うと、英司は一段とはずみをつけて、ぴょんぴょんとびあがる。

「豚、豚、子豚、こいつにきめた、ブー。豚、豚、子豚、こいつにきめた、ブー」

英司は歌い、かつ笑い、そして私の眼を見る。私は一瞬、ドキッとする。それと気付かずにいたが、英司が直接、私の眼を見るということは、それまでなかったのである。

彼は、誰とも視線を合わせなかった。視線を合わせようとしないから、心を通い合わせる手がかりがなかったのかも知れない。


養豚舎の隣は牛小舎《ごや》だ。まだら赤牛は毛並がよく、立派な角を備えているが、どこか悲し気な眼つきをしている。赤牛はゆっくりと首をのべて、「もーう」と鳴いてくれる。

「牛乳石けん、牛乳石けん」

英司は真剣な眼つきをして、牛を見ながらつぶやくように言う。

「牛乳石けん、牛乳石けん、牛乳石けん」

英司は、テレビＣＭの場面を思い出してでもいるのであろうか。

「もーも、もーも」

実穂はまともに受け止めているようだ。牛は再び「もーう」と鳴く。少し離れて立っていてさえ、その巨体から、そこはかとなく体温が漂ってくる。まるで、赤牛の心にある悲哀の思いを伝えられているような戸惑いを、ふと感じる。

首のべて鳴く赤き牛生命あるものの悲しさわれ

に伝ふる

「ピョンナ、ピョンナ」

背中の実穂が叫ぶ。実穂は踏切りへ至るコースが、英司によって定められ、すでに定着してしまっているのを承知している。それで次なる養鶏場へ向けて、心がはやるようである。

英司は実穂の声を合図のように、養鶏場へ向けて走り出す。

実穂は私の腰をさかんに蹴る。自分も走っている気分になるようだ。

うす暗い養鶏場を外から覗く。狭いゲージの中の個々の領分で、白色レグホン達は思い思いに、首を上げ下げして餌を拾っている。

この狭いゲージの中で、ただひたすら無精卵を産み続け、人工的に定められた生命を終わるレグホン達を、私はしばらく見ていた。

雄鶏はただ一羽、養鶏場の地面に放されている。雄鶏もまた、自分だけに与えられた自由を喜んでいるようには見えない。

「ピョンナ、ピヨンナ」

実穂は「鳥」すべてを〝ピョンナ〟と呼ぶ。

「タマタマ、タマタマ」

「実いちゃん、タマタマあとでたくさん買いましょうね」

「あと、タマタマね」

英司が駆け出す。踏切りが鳴り出したのだ。

「英ッ、待ちな」

「英ッ、待ちな」

英司は言葉では「英ッ、待ちな」と返事をしながら、心と行動は、

「待ってたまるか」

という勢いである。おおむ返しでもよい、英司の言葉は、英司の心の状態をわずかながら伝えてくれるのだから。

踏切りの少し手前で英司の手を握る。道路を少

しそれた川土手の上に英司を誘導し、そこに佇《たたず》む。やがて電車が来る。それを見て英司が走り出そうとする。

「ストップ、ストップ、危ないの」

上下の電車、何本かを見物した後、踏切りを渡り、柏尾川の橋を渡り始める。英司が立ち止まる。

「バブ、バブ、バブ、バブ」

「バブ」は英司の自閉語の一つであったが、疑問や質問の型で使われていた。

英司の眼は、雨で水嵩《みずかさ》が増し、流れが速くなっている川面をみつめている。

「バブ、バブ、バブ、バブ」

多分、川の色がいつもとちがうのが気になるのであろう。

「黄土色の濁流」

なるべく短く答えてやる。

「黄土色の濁流、黄土色の濁流」

英司の様子だと、かなり満足しているようだ。

ああよかった、と思う。

橋を渡りきり、住友電工のコンクリート塀に沿って、しばらく歩くと、工場の引込線の踏切りに出る。

「バブ」

英司は、この貧弱な一つの線路をじっと見ている。

「引込線」

「バブッ」

いつも同じ答えをするものじゃない。英司は、別の答えを要求しているようだ。

「単線よ、線路が一つだと単線よ」

「単線よ、線路が一つだと単線よ」

おおむ返しとはいえ、英司の言葉は実になめらかに出て来る。

「英、随分長く言えましたね」

「英、随分長く言えましたね」

「そんなことまで言わんでもいいのよ」

「そんなことまで言わんでもいいのよ」

ああ、と私は溜息を吐く。おおむ返しにつき合うのも疲れる。


帰りに卵を買いに養鶏場へ寄る。腰の曲がった白髪の婦人が出て来る。今時珍しい水戸黄門スタイルである。

「そこらに掛けてさ、待っておいで。今、産み立てのを集めてくるよ。何ね、朝集めたのがそこにあるけどさ、ちっとでも新鮮な方がいいよね」

婦人は養鶏場の奥に消え、しばらくしてから小さい笊《ざる》に卵を集めて出て来た。

「先刻《さっき》からさ、ずっと踏切りに立っていたんでね、この雨でしょ、心配してさ、ここから見ていたんだよ。妙な気起こしたかと思ってさ。いつ飛び出そうかと思っていたのよ。かわいい子だね、大切に育てなさいよ」

婦人は卵を計りながら、しみじみと言う。多くの風雪を生きて来た人の言葉である。心にいたく沁《し》みる
婦人は勘定をすました私に、もう一つの包みを差し出した。

「おまけだよ」

と言う皺《しわ》深い顔が笑っている。私は思いがけない優しさに触れて、一瞬たじろぐ。

「そんな、もったいない」

「いいんだよ、養鶏はね、このおばあさんの小遣い稼ぎのアルバイトだからさ、無理して卵を売るほどのこともないのよ。かわいいぼく達に食べさせなさいよ」

私は胸を熱くして黙って頭を下げた。横浜に来てすでに一年余をすごしていたが、この地で、人らしい人と知り合い、触れ合うチャンスなどほとんどなかった。毎日英司の背中ばかり追いかけていた。

もっとも、私はどっちかというと人見知りが激

しく、井戸端会議の仲間に自ら加わりたいと思ったことも、努めたこともなかった。

そんな私が、この婦人の情愛に触れた途端、にわかに、自分の境遇がいかにも悲しいものに思えてきた。

「英君、ただいまよ、英君、ただいまよ」

英司は叫び、留守中に帰っていた夫を探して家の中へ駆けこむ。英司は、夫の言葉を先取りしてしまっている。

「あらあら、パパの言うことがなくなってしまいましたねえ」

「疲れましたよ、疲れましたよ」

英司が叫ぶ。

「それもパパの言葉なのに。また英君にとられましたね」

「肥溜、肥溜」

英司が叫ぶ。

「まあ、くさい。なあに、この匂い。本当、肥溜みたいよね」

「母さん、人の捨てたもの嗅ぎまわることないでしょ」

「この匂い父さんの屁？　やだ、バスの中にでも置いてくれれば良いでしょうが」

「バスなんかで放つと殺されますよ」

「それでわざわざ家まで持って来たの」

「そうです」

「やだもう」

「………」

なぜか夫は、いかつい体でおとめのようにはにかんでいる。

わが夫、かつてはナイーブなロマンチスト派の詩人であったのだが。

幾年月………現実というのはまったく意地の悪いものだ。

英司、語る・・・・・・・・・・・・・・・

鯉のぼりの鯉
エースコックの子豚
牛乳石けんの牛
ぼくはね、お馴染みのものを本物で見るのがよかったんですね。

初めての友達

四歳二カ月

公園で英司と実穂をあそばせる。眼のくりくりした、まさ君と顔見知りになる。まさ君は、英司より一つ年下であった。まさ君は、こわれた三輪車でいつもあそんでいる。

「お窓を開けると
まさ君が見えた
まさ君とちいちゃんが
あそんでる
こわれた三輪車で
あそんでる
まさ君お早よう
ちいちゃんもお早よう」

英司はこの唄をすぐ覚えて歌い、「まさ君」「こわれた三輪車」をよく認識したようであった。私はそんな英司の様子を見て、この唄にもう一番つけ加えた。

「襖を開けると
パパ君が見えた
パパ君と英君が
眠ってる
破れた布団で
眠ってる
パパ君おやすみ
英君もおやすみ」

英司は一番、二番ともによく愛唱し、また、タイミングよくこの唄を用いることもできるようになった。まさ君に会えばこの唄を歌い、こわれた三輪車を見ればこの唄を歌った。ただ、歌い終わるまで、その地点から動かない。歌い終わった時は、まさ君もこわれた三輪車も、どこかへ消えていることが多い。

まさ君が初めて家へあそびに来た。英司、まさ君、実穂、三人三様に自分のあそびを始める。

まさ君はダイヤブロックにとりつき、実穂は絵本を開き、英司は窓ガラスをガラガラやり続ける。やがて英司の口から奇妙な音が洩れ始める。

「プシュウ、シュ、プシュウ、デデンコ、デデンコ、デデンコ」

私は耳を澄ます。心を引き締める。あの擬音はなんだろう。久し振りに聞く英司の擬音である。電車かしら。ちょっとでも閃《ひら》めいたらすぐ実行。そこに出ていた「山の手電車」を持って駆けつける。

「バブッ」

と英司が怒る。「横須賀線」に取り替えて英司のもとへひと飛び。

「それデデンコ　デデンコ　デデンコ」

英司は黙っている。

「なんだ、横須賀線だったの」

「なんだ、横須賀線だったの」

満足した英司の答えである。

まさ君が、げらげらと笑い出す。英司のおおむ返しがよほど珍しかったようだ。まさ君はあそぶ手を止めて、じっと英司を観察し始める。そしてまた笑う。英司の、

「デデンコ　デデンコ」

という擬音が面白いらしい。やがて、まさ君は長くつないだダイヤブロックを敷居の上に並べ、英司のガラス戸に似せて移動させ始める。

「デデデ、デデデ、デデデ」

まさ君の口から、英司によく似た擬音が洩れ始める。が、英司ほとんど関心なし。

この時を機に、英司とまさ君の間には、「無関心」と「無交渉」という関係が生まれた。

英司は「無関心」であり、まさ君は自ら交渉を求めようとしない「無交渉」派であった。だが、公園でも家でも、二人はいつも身近かにあって、時間を分かつようになったのである。

ある日、窓の外にまさ君が三輪車を忘れて行った。英司はそれをしきりにいじってみている。しばらくして引き返して来たまさ君は、その三輪車を取り戻して、さっさと行ってしまった。それを見て英司は、しくしくと泣き出した。

私は、英司の三輪車を急いで持って行く。

「この三輪車は英の物」

「この三輪車は英の物」

英司は泣きながら、「それはわかってる」というほどの意味でのおおむ返しをして、自分の三輪車に跨《またが》り、まさ君を追いかけて行く。まさ君は公園で三輪車を降りて砂場に入った。

英司は、再びまさ君の三輪車をいじり始める。壊れて片方のペダルが無いのが、いかにも気になるらしい。

数日後、英司の三輪車が紛失してしまった。

「三輪車、英の物、三輪車、英の物」

英司は朝から泣き始め、団地中を探し歩く間も、断続的に泣き続けた。夜になっても、思い出しては泣き続けた。翌日も朝から、

「三輪車、英の物、三輪車、英の物」

と、まるでお経をとなえるように言い、泣き続けた。それでも小半日、三輪車を探し歩いたが、見つからぬままに夜になった。

英司は誠に執拗に、執念深く泣き続ける。

電話帳をめくって次々と自転車屋さんに電話をする。夜分になり、すぐ配達してくれるお店なん

て、そんなにあるものではない。

それでも「子供が泣いている」と訴えると、「行ってあげよう」と言ってくれる店が一軒あった。神さまのお恵みだと、なぜともなく思った。四歳過ぎならば、三輪車に乗る期間も短かろうと言うので、英司の体に見合った自転車を持って来てくれると言う。

夜八時過ぎに自転車が届いた。英司は三輪車よりは数倍大きい自転車に眼を見張っていたが、すぐにハンドル、ペダル、ブレーキなどを熱心に手で触れて調べている。

その夜自転車は、部屋に置かれたままであった。翌朝早く眼覚めた英司は、もう自転車にとりついている。午前中は遂に、食事も水も受けつけず外にも出ない。

午後もおそくなった頃、ふと見ると英司が自転車に跨《また》がっている。当時の幼児用自転車は補助輪がついてはいたが、補助輪はほとんど空に浮き、自転車は正しく平衡を保っている。私はわが眼を疑った。

私は自転車に乗れない。運動神経もさることながら、自転車の高ささえ恐怖感を持つ高所恐怖症である。そんなわけで、英司が一度の練習もなく、自転車に乗っている姿が、現実のこととは思えなかった。

その夜も自転車は、家の内に置かれた。英司は夜も自転車に乗り続けた。

翌日は、英司が起きてくる前に自転車を外に出して置いた。英司は自転車が外だと知ると、すぐに飛び出して行ったままで、朝食もとらずにずっと自転車に乗り続けている。

夜になってから英司は、自転車を家に入れようとして泣きわめく。自転車は本来外へ置くものとする私の考えなど、どうにも伝えようがない。

「自転車は、お家へ入れられません」

「自転車入れられません英の物」

「英の物でも、自転車は外へ置くの」

「自転車は英の物」

もうこうなったら、私なんか絶対歯が立たない。

「英ちゃん、何叱られてんの」

通りすがりの人が泣きわめく英司に声をかける。とたんに私は、恥ずかしさを覚える。

「わかった、わかった。英はまた家の中で自転車に乗りたいんでしょう」

私は仕方なく、自転車の土を拭き取って家へ抱え込む。最初からこうすれば、何も英司を怒らせることなどなかったのに。私は自分の横面をはりとばしたいような情けなさを感じていた。英司は夜の食事も碌《ろく》にとらず、自転車に乗り、部屋から部屋へゆっくりと回る。

実穂はその夜になってやっと英司の自転車を恐れなくなり、後から荷台の端につかまり、従《つ》いて歩いている。

実穂は私に似たのか、用心深く、小心である。英司が初めて自転車に乗った時、興味を持つよりは恐怖心をあらわして、私にしがみついてきたのである。

だが、今夜は実穂も落ち着いて英司の後から従いて行っている。性格の穏やかな英司と、用心深い実穂との、こうした関わりの仕方であれば、怪我などすることもあるまい。

英司はこうして十日近くも自転車に熱中し、昼は外で、夜は家の中で乗り続けた。

まさ君との友達関係は、依然「無関心」「無交渉」のまま続いていた。まさ君は、ゆっくり走る。英司の自転車の後からゆっくりと三輪車で行き、英司が止まればまさ君も止まり、英司が走ればまさ君も走る。淡白ではあっても、奇妙に調和している。

まさ君は英司にとって初めての友達であり、現在も二人の友情はふしぎな調和を持って保たれている。

英司、語る・・・・・・・・・・・・・・

ぼくが自転車で早く走ったら、まさ君は泣いたんですよ。それでぼくは、自転車に乗るとゆっくり走ることを覚えたんですね。まさ君はね、ぼくが自転車で早く走り出すたびに泣いたんです。ぼくは小さかったから、よくわからなくて、まさ君にはずいぶんかわいそうなことをしました。

ぼくが五歳でまさ君が四歳の時にね、ぼくが「戸塚行き」の表示を自転車につけて走っていたら、まさ君は、「大森行き」の表示をつけて来たんですよ。

まさ君はぼくより年下だから、バスで大森まで行けると思ったんでしょうね。

「戸塚行き」「大船行き」「長後行き」「立場行き」などの行先表示のカードを作って自転車の前に洗濯ばさみで止めるだけの単純なあそびであったが、英司もまさ君もこのあそびが気に入っていた。

バイバイができた

四歳三カ月

東京深川の三浦武さん（歌人、国民文学同人）が英司のために、赤いオープンカーを持って訪問して下さった。三浦さんご自身が、お勤めの傍ら組み立てたと、言葉少なに語られた。

三浦さんは英司の様子を伝え聞き、心を痛めておられたという。

赤い大きいオープンカーは、英司をいたく驚かせ、また感激させた。

「英ちゃん、深川のおじさんよ」

「深川のおじさん」

英司が神妙に言う。

「こんにちは」

三浦さんが笑顔を向ける。

「こんにちは」

英司が少し笑っている。

珍しいことである。

「この赤いオープンカーは英の物。深川のおじさんが下さったのよ」

「深川のおじさん、深川のおじさん」

英司はうれしそうに、ぴょんぴょん飛びをする。

「ありがとう」

私は、英司をうながすようにおじぎをする。

「ありがとう、ありがとう、ありがとう」

英司は早速オープンカーに乗りこみ、まるいハンドルを動かしてみている。そしてゆっくりと運転して次の部屋に消えた。

三浦さんが辞して家を出られ、窓の外で車のエンジンをかけた時、英司は窓から身を乗り出すようにして叫び始めた。

「深川のおじさん、深川のおじさん」

実穂が割り込むようにして小さい手を振る。

「バイバイ、バイバイ」

英司は叫びながら三浦さんに向けて熱心に手を振っている。一度は自動車に乗り込んだ三浦さんが、もう一度降りて来て英司に手を振ってくれる。英司と実穂にまじって私も手を振る。手を振りながら何か奇妙な感じがしていた。

それもそのはず、英司はそれまで一度も家族はもちろん、どなたに対しても、まともな形でのバイバイをしたことがなかった。

英司のバイバイは、手の平を自分の目の前に向けて左右にして激しく振ることであった。

そんな英司が三浦さんに手の平を向けて、夢中でバイバイをしている。初対面の三浦さんに自らの心を通わせようとしている。

三浦さんの自動車が走り去ってから、私は改めて三浦さんの真心を思った。三浦さんの真実な心のあたたかさが、英司にあたえたものの大きさを思った。

「赤いオープンカー英の物、深川のおじさんに、くれたの」

言葉遣いに不備な面はあるものの、英司が英司自身の言葉で、うれしさを表現している。よほどうれしかったようだ。

ベビーカーは自転車とはちがい、構造が単純にできているせいか、自転車の時ほど過剰な熱意は見せなかったが、三浦さんのアイデアで、自転車と同種のベルが取りつけてあったのが珍しいとみえて、チリリン、チリリンと鳴らし始めた。

しかもチリリンと鳴らしては、胸をドドンコドドンコと叩く。狭い部屋の中である。たかが自転車のベルの音、といえどもかなり強烈に響く。

「英、チンチン電車かな」

「チンチン電車、都電、チンチン電車、都電」

どうもピンとこない返事である。ともあれ英司のベルを鳴らすこと、胸を叩くことは毎日断続した。無意味と思われる行為を毎日見続けることは、やりきれないものである。

そうしたある日、やがて廃止されるという横浜の市電に乗せることを思いつき、出かけて行く。関内から乗った市電を、英司も実穂も非常に喜んだ。線路の上を自動車が走ったりすると、英司は「ベベンベベン」と電車のベルの擬音を発したりもした。

「スバル」「マイクロバス」「京急バス」「神奈中バス」など、英司は自分の知っている車種を見出すたびに、大声で叫んだ。

実穂は片言で、それらをみな真似た。

「次で降りる？」

「次で降りる」

おおむ返しであっても、英司はもはや、なんらかの応答を返さずにすますことはなくなった。

次の停留所で降りて、そこらのビルの石段に腰かけてひと息入れる。そこへ外人の子供ばかり乗ったバスが通りかかる。続けて二台も来た。しかも目の前でしばらく停車した。

バスの色は軍隊色、昔で言う国防色で、何か時代がかっている。型も、犬の横顔型である。さすが横浜、国際都市だと感心する。

英司は歩道すれすれに飛び出して行き、ぴょんぴょん飛び始める。実穂の手を引いて英司の横に立ち、そっと言う。

「スクールバスよ」

「スクールバスよ、スクールバスよ、スクールバスよ」

英司は、はねながら私の言ったままを繰り返す。バスの窓から子供達が覗く。英司や私を見て、あからさまに顔をしかめる。なかには「赤んべえ」をするのもいる。洋の東西を問わず、子供は子供の領分をちゃんと持っているものだ。

「ペペラペラ、ペペラペラ」

それは十姉妹《じゅうしまつ》の大群のようだ、口々に意味不明のことをしゃべっている。それもそのはず、彼らはみな外人だ。

あんな顔つきじゃ何を言ってるかしれたもんじゃない、とついひがみたくなる。こんな場合、言葉が通じないのはいい。

英司も実穂も、私のうす汚い思いには関係なく、「スクールバス」を連発して、こもごもに飛びはねている。


この母の卑しき性質を継ぐなかれ英司よ実穂よ神々の子よ

英司と実穂に風車を買って持たせ、暗くなる頃家へ帰り着いた。まだ玄関を入らないうちに英司がわめき始める。赤いオープンカーが無いのだ。玄関の前に止めて置いたのが消えている。

「赤いオープンカー英の物、赤いオープンカー英の物」

英司の眼が、据《す》わってくる。

「ちょっと待ってなさい」

「ちょっと待ってなさい赤い赤いオープンカー英の物、ちょっと待ってなさい赤いオープンカー英の物」

結局、こっちの言うことを枕言葉にしただけで、「待つ」意味なんて全く通じない。

「もう、うるさいんだから」

「もう、うるさいんだから、赤いオープンカー英の物」

「わかったよ、今探しに行こうね」

「わかったよ、今探しに行こうね、赤いオープンカー英の物」

眠ってしまった実穂を布団に横たえ、英司と外へ出る。いつも行く公園に行ってみる。公園を通り抜けた時、英司が駆け出す。

オープンカーは、まさ君の家の窓の下に、きちんと立てかけて片づけられている。まさ君は毎日のように家へあそびに来ていた。この日も来て待っているうちに、退屈して乗って来てしまったのであろう。まさ君が、自分の青いオープンカーと英司のそれを、並べて片づけた時の心遣いが分かるような気がした。

まさ君は整理整頓のよくできる子で、あそびに来ても帰る時には、自分のあそんだ物をみんな片づけてから帰った。英司にオープンカーをおろしてやりながら、私はまさ君を愛らしいと改めて思った。

英司は持ち帰ったオープンカーを、家に入れると言ってわめく。しばらく外に置いてあったので、土にまみれている。冗談じゃないよ、と思う。英司、激しく泣き始める。

「英ちゃん、また叱られてるの」

顔見知りの女の子が、咎《とが》めるような眼つきをして私を見、横をすり抜けて行く。急に恥ずかしさを覚える。自転車のときと同じで、最初から英司の言うようにしてやれば、こんな玄関先でギャーギャー泣かすことなどなかったのに。

ひどい自己嫌悪に陥りながら、オープンカーを家へ抱えこむ。

ぼくのしるし

四歳四カ月

「みつびしじゅうこう、みつびしじゅうこう、みつびしじゅうこう」

「なんですか、それは」

「なんですか、それは、みつびしじゅうこう、なんですか、それは、みつびしじゅうこう」

おおむ返しも「言語」にはちがいないのであろうが、英司の言っている意味がわからない時は、めまいがしてしまう。耳にたこができる思いがしなくもない。

英司はやがて焦り始める。怒り始める。泣き始める。何を言っているのか、わかってやるまでは戦場さながら。英司の泣き方に力が加わる。こっちもつられて泣きたくなる。

「もう、母さんだって泣きたいよ」

「もう、母さんだって泣きたいよ、みつびしじゅうこう。もう、母さんだって泣きたいよ、みつびしじゅうこう」

「わかったよ、バスの三菱重工ですね」

「わかったよ、バスの三菱重工ですね、わかったよ、バスの三菱重工ですね」

英司が泣き止む。いつもバスに乗る時、英司は運転席の後に立ちたがった。たまたま、目につくままに、三菱重工、富士重工などと書かれてある文字を読んでやったことが何回かある。英司はそれを記憶していたらしい。

私はマジックを取り出して、そこらの紙に三菱のマークと文字を書いてみせる。

「三菱重工、英の物、三菱重工、英の物」

英司は次の部屋から赤いオープンカーを持って来て、再び三菱重工、三菱重工と叫ぶ。

「三菱をここへ書くの?」

「ここへ書くの英の物、ここへ書くの英の物」

「今、書いてあげますよ」

三菱のマークがオープンカーに書きこまれると、英司はオープンカーに乗りこみ、部屋の中を回り始める。

「三菱、英の物、三菱、英の物」

なぜか英司の言葉が訳されて伝わる。

「三菱のマークはぼくのしるし、三菱のマークはぼくのしるし」

耳にたこなど作らずに、英司の言葉をもっと注意深く聞こうと、反省する。

三菱のマークを書き入れた翌日からは、もう、あの赤いオープンカーは再び家に入れることはなくなった。

日照時間が短くなったせいか、比較的、家にいる時間が長く感じられる。英司の日課である、「窓のデデンコ、襖のデデン、胸を叩くドドンコ」が気になるのも、家にいる時間が長いからかも知れない。

やっと出てきた言葉も、まともには使い物にならないし、一人あそびは、「デデンコ」に「ドドンコ」、相談所の先生がおっしゃるように、いずれ、「無意味な行為に固執して、日を過ごす」ようになるのであろうか。私は、いじいじした自分の心に語りかけた。

(まあ、殺す気を起こさないで、死ぬ気にならないで、もうちょっと頑張ってみようよ。鍋の中に入った泥鰌《どじょう》でさえ、どうにかなったそうな)

たいしたこととは思わなかったが、ガラス戸を引く「デデンコ」と胸を叩く「ドドンコ」とは、全く同じリズムを持っていることに気が付く。窓の「デデンコ」は横須賀線だから、もしかして、胸を叩く「ドドンコ」は湘南電車のことかも知れない。

　じっとしているよりいざ行動、湘南電車にでも乗せてみよう。大船駅から横浜までの切符を買う。実穂はすっかり重くなっていたが、相変わらず背負い続けだ。空席をみつけて英司を座らせ、私は前に立つ。

　英司の横には高校生らしい少女が座っていた。電車が発車して数分、横須賀線の下りとすれちがう。

　英司は、すれちがう何秒かの間を「ドドンコ、ドドンコ」と胸を叩く。

　それまで気付かずにいたが、対向車の通過する時だけ「ドドンコ」をしていたのだとすれば、このパズルはもうじき解けると思った。

　戸塚駅を過ぎた頃、英司の隣の少女が何やら白い眼をして、上目遣いに私ともなく実穂ともなくちらちらと見る。いやな目つきだなと思った途端、電車はトンネルに入った。そこで私はギョッとした。

　窓ガラスに映っている実穂が前の少女を見下し、しきりに両手の指で自分の上唇を椿の花型に、ねじ曲げているのだ。ねじ曲げた唇が、少女のそれにそっくりなのである。

　実穂の尻をつねり上げて叱るわけにもゆかず、まして少女に謝ってまわりの注意を集めるのもかえって迷惑であろうと考え、とりのぼせて、髪の毛が直ぐ立ちになる思いをした。

　少女はトンネルを出る前に席を立ち、少し離れた場所に移って行った。申し訳ないことをしたものだ。それにしても、子供は時として思いがけないことをするものだ。

　もともと用があって電車に乗った訳ではなし、横浜駅からはすぐに横須賀線に乗り替えて帰ることにした。英司は帰りの電車でも、対向車を見て胸を叩いている。

　自分の乗っている電車から、別の電車の走るのを見ている、その情景を毎日再現していたのであろうか。

家へ帰り着くや英司は、まるで待ちかまえていたように窓ガラスで「デデンコ」をやり、胸を叩いては「ドドンコ」をやり始める。私は英司と同じように胸を叩いて、

「湘南電車、湘南電車」

と言ってみる。

「湘南電車、バブッ」

英司が怒っている。だってさ、窓ガラスが横須賀線なら、胸の「ドドンコ」は湘南電車のはずじゃないかと思うものの、「バブッ」と怒っているのだからどうもちがうらしい。今度は窓ガラスを引いて、

「横須賀線」

と言ってみる。英司は怒る。私は胸を「ドドンコ」と叩いて、

「横須賀線」

ガラス戸を引いて、

「湘南電車」

と叫ぶ。英司は、私のやったさながらを、そっくり真似て笑い声を上げる。窓ガラスの電車も、胸を叩く電車も、特定の電車に限られているわけではなく、英司のその時の気分で、「乗っている電車」と「車中から見ている電車」は、入れ替わっていたのである。

英司、語る・・・・・・・・・・・・

窓ガラスのデデンコは、走っている電車の響く音なんですよ。

胸を叩くドドンコは、乗っている電車の響く音なんですよ。ベルのデデンコは、電車が発車する時の音なんですね。襖のデデンは、あれは貨物列車だから、長くて止まらない音なんです。

（ここで胸を叩いて見せる）

これが十一両目です。少し音が変わってきたでしょう。ここから十三両目です。大幅に音が変わってきたところです。わかるでしょう。

達磨のおしっこ

　横浜で迎える二度目の冬である。十二月に入ってすぐに、クリスマスツリーを飾った。鉢植の樅《もみ》の木が早々に届いたからだ。

「七夕《タナバタ》、七夕、七夕」

「これはね、クリスマスツリーよ」

「七夕、七夕、七夕、バブッ」

　夏に七夕を飾った時は、なんの興味も示さなかった英司が、七夕という言葉と、いろいろな物を吊るしたことを記憶していたのだ。

「夏に飾ったのは七夕、冬に飾るのはクリスマスツリーよ、英ちゃん」

「七夕バブッ、七夕バブッ」

「クマスリー、クマスリー」

　実穂が片言で英司に語りかけ、笑いながら英司を追いかけて行く。英司は逃げながら
「七夕バブッ、七夕バブッ」

と繰り返している。英司と実穂の関係は、日増しに兄妹らしくなってゆく。実穂の自然な働きかけに対して、英司は反射的に対応するようになった。

　英司は、まだ同年齢の子供達にはもちろん、他のどんな人にもほとんど関心を示さなかった。子供の集まる公園や砂場でも、他の子が話しかけ働きかけても、せいぜい場所を移したり向きを変える程度の反応しか見せず、表情一つ変えない関心のなさであった。

　子供達というのは、実に好奇心が強い。風変わ

りな英司などは、すぐに一寸試し、五分試しと試されることになる。

棒で頭を打ってみる。英司は知らんふりである。少し砂をかけてみる。なんの手応えもない。足で蹴ってみる。しゃがみ直しただけである。

小さなシャベルで、英司の背中に砂をすくい入れる。英司は立ち上がって体をねじ曲げる。子供達はいっせいに笑い、いっせいに逃げ出す。英司はまた、そのまましゃがみこむ。

いったん逃げかけた子供達は、追いかけて来ない英司に拍子抜けして引き返して来る。今度は玩具のバケツ一杯の砂を、頭からぶっかけてしまった。まさか、と思うことが起きるのが、子供の世界なのだと思う。

英司はこの段階へ来てやっと恐怖の泣き声を上げ始める。

「お砂は人にかけるものじゃないのよ」

私は、泣き叫ぶ英司を抱きとめて、そこらの子供達をたしなめる。

「おばさん、人ってなんのこと」

「ぼく知らないよ」

「ぼくがやったんじゃない」

「ああ、面白かった」

まだ善悪のわきまえる年齢ではない子供達は、まさに天使の集団、神秘の妖精達でもある。いずれ劣らず利発な顔をしていた。

英司の頭を洗いながら、まだまだ眼が離せない、と思う。髪の毛に深く沈みこんだ砂は、一週間すぎても夜具の中に落ち続けた。

さて、クリスマスツリーを飾った日、ストーブを出し炬燵《こたつ》も出して冬本番への出発となった。英司はひと頃のように、「火あそび」への関心も、郷愁も示さなかった。

ストーブの点火は英司の役目として、点火用のライターを用意して置いたが、英司は危なげなくそれを用いて点火した。自分に課せられた役目を果たすことの満足感が、英司の表情を一瞬引き締めて見せた。

　ツリー、ストーブに、炬燵が出されて一度に狭くなった部屋で、英司と実穂、そして私も加わり、相変わらず「屁の唄」が合唱される。

　涎《よだれ》で胸をぬらし続ける実穂の存在は、英司にとっても私にとっても、非常に重要となっていた。実穂はどういうわけか、誕生以来この方、泣くことも少なく、怒ることなどほとんどなかった。

　うれしさのほかは、何も表現しないような子であった。一人あそびが上手で、石ころでもガラスの小瓶一つでも手渡してやれば、飽くこともなくそれらに物を言っては長い時間をあそび、眠くなればあくび一つで、卓の下に這いこんで行き一人で眠る子であった。

　夫が片手に乗るほどの達磨《だるま》二つを持ち帰った。英司に一つ、実穂に一つ、それぞれに手渡す。あっち向きとこっち向き、というふうにいつもの姿勢で、二人は同時に達磨とあそび始める。やがて、寝かしても寝かしても、起き上がることを、個々に発見したようである。

　実穂がチリ紙を持ち出した。チリ紙を畳に敷き、その上に達磨を寝かせようとしている。長い時間をかけて達磨の尻にチリ紙を巻きつけた。どうも、「おむつ」をあてがったつもりらしい。

　英司が夫の湯呑み茶碗を持って行った。何をするつもりなのか。

「しいしいしい、しいしいしい」

　達磨は湯呑みの上で、小便をさせられている。実穂が振り返り、英司を見る。そして、自分の達磨の尻にあてがってあったチリ紙をはずし、黙って英司に差し出す。英司は実穂の方を見向きもせず、チリ紙を受け取ると、達磨の尻をつるりと拭いた。

「このチビ助に、教えられるなあ」

　私はひとりつぶやく。神さまが、この私のために慰めの天使として、実穂を授けて下さったのかも知れないと思う。

私は足音を殺して夫の部屋に行き、英司と実穂のあそびをそっと報告する。

「なんだ、なんだ英君、パパの湯呑みに、おしっこしているの誰」

夫はドタバタと駈け出してくる。

「父ちゃん、おしっこしてるのは達磨じゃありませんか」

「なんだ、そうだったの」

英司は達磨に、何回目かのおしっこをさせている。実穂は自分のあそびを止めて、じっと英司の手許を見ている。達磨のおしっこがすむと、実穂は英司にチリ紙を手渡す。英司はそれで達磨の尻をつるりと拭く。

「わははは、わははは、わははは」

夫はほがらかに、高らかに笑っている。

「母さん、何か喰う物ない？」

「みかんがあるでしょう」

私は卓の上を指さす。

「なんか甘い物がいいですね。羊かんのような物ない？」

「ようなものはありませんが、羊かんならあります」

夫は羊かんとお茶を抱えて、自分の部屋に帰って行った。

冬の寒さに弱い私は、風邪をひいてしまった。熱があって、英司を外へ連れて出る気にもなれない。英司は窓を開けて、風車を突き出してカラカラとまわしている。実穂はオルガンの音階を、指に辿《たど》らせて鳴らしている。やがて英司がオルガンに近寄る。

「グワーン、グワーン、グワーン」

両手に体重をかけて鳴らすその音は、熱で痛む頭をぶっ叩くほど強烈な衝撃音である。

英司には、「退屈だ」と感じさせる時間があってはよくないような気が、ふとする。

少しふらついたが、実穂を背負い外に出ることにした。英司は風車を振り立てて飛び出して行く。外へ出ると英司は、一心に風車をみつめて駆け出して行く。

道の片側に土手があって、そこに風の通り道があるらしく、風車は急に激しくまわり始め「カラカラ」と音を立てる。英司と実穂は同時に声をあげて笑う。

英司はまた駆け出す。また一つの土手に来た。英司は立ち止まり、土手に風車を突き出す。風車は動き止めてしまった。

「風車、バブッ」

英司が風車を振って怒る。

「ここは、風の通り道がありませんね」

「ここは風の道がありませんね。風車バブッ。ここは風の道がありませんね、風車バブッ」

英司はまた駆け出して行く。団地中の石垣や土手をみな、英司は試した。そして一番最初の道に戻った。風車は景気よく音を立ててまわる。かなり風が吹いているのに、英司の風車を力一杯まわす風の通り道が、ここにしかないなんておかしな話だ。

熱をおして風の道をたずね歩いたせいか、私はその夜高熱を発して、二、三日は英司を外へ連れて行けなくなってしまった。

英司はオルガンに取りついて、例の騒音を執拗に楽しんでいる。実穂は寝ている私の枕もとに来て、何回も、何回も、絵本を読ませる。

私が病《や》めば、ふしぎなことに二人とも外へ行こうとはしない。二日目、三日目と全く同じパターンで、一日が過ぎていった。

英司のオルガンの音にも、四日目にはいくらか馴れてきた。最初の時のような、吐き気を起こすほどの拒否感は消えていた。熱が下がったせいもあろうが、どんな環境にも、やがて順応するものらしい。ありがたいことだ。

そう思って聞けば、オルガンの騒音も何やら意味あり気である。はて、ただの騒音とも思えないが……。

なんとそれは、蒸気機関車の発車音ではないか。私ははね起きて英司の所へ走る。

「汽車、汽車、シュッシュ、シュッシュ、シュッシュ、シュッシュ、シュッポ、シュポ、シュッポッポ！」

風邪などへでもない。私は大声で歌い出していた。実穂が片言で加わり、驚いたことに英司までが歌い出す。


英司、語る……………


オルガンでは最初に蒸気機関車を作ったんですよ。次にジーゼル機関車の音を作りましたね。最後が電気機関車だったですね。母さん、よく憶えてるでしょう。

おれが赤ちゃんの時、何回か千葉へ行ったでしょう。千葉から八街に行く汽車は、蒸気機関車だったじゃないの。貨物列車も蒸気機関車が引っぱっていたでしょう。おれはさあ、あの時によく覚えておいたのよ。

初めての漢字

昭和四十四年十二月

お歳暮に清酒の月桂冠が届いた。玄関に受け取りに出た私と英司の眼は月桂冠を同時にとらえていた。

英司はその眼を真直ぐ私に向けた。珍しいことである。英司は滅多に人と視線を合わせない。親子といえども、実穂のそれのように、熱心に親の眼を見つめるなどということはなかった。

そんな英司が一瞬、私に視線を向けた。月桂冠を英司に持たせて私は歌い出す。

「家のお酒は月桂冠
お酒の王様月桂冠
パパが飲んでる良い気持
ママがほんのり桜色」

英司は、「わが家は平和だなあ」と一節続けて、月桂冠の包みを破ることに熱中。

数日後、英司は団地中の「ゴミ捨て場」から、日本酒の空瓶《あきびん》をせっせと拾い集めてくるようになった。

たちまちベランダは、種々の日本酒の瓶で一杯である。ゴミ捨て場には、醤油瓶も捨てられている。だが英司の拾ってくるのは、酒の瓶に限られていた。

日を重ねるにつれて酒瓶はますます数を増し、見れば各銘柄ごとにきちんと並べてある。

月桂冠、松竹梅、黄桜、神聖、大関、白鶴、福娘、菊正宗、美酒爛漫、白雪。

夫が酒をたしなまないので、酒のことなど何ひとつわからない私は、英司の空瓶集めでいささか見聞を広めた。とはいえ、狭いベランダに林立する空瓶には、さすがに閉口した。端からそっと盗み出して捨てても、英司の健脚は、それを充填するぐらい何でもなかったようだ。

同じ頃、英司の収集癖は、機械類にも及んでいった。

ベランダは空瓶だらけ、家の中は動かない電気鍋にライターや目覚時計、壊れたステレオ数台、切れた電球、螢光ランプ、電気スタンド等々。内外まるで夢の島さながらである。

「月桂冠、つき、かつら、かんむり」

私はせめてもの気休めに、瓶の文字を音訓両方で読んでやり、指でなぞったりして見せた。

「月桂冠、つき、かつら、かんむり」

熱意のない英司の反応。注意を向け理解しようとする気配も全く感じられないが、せめておおむ返しで応じてくれるだけでも、張り合いがあるというものだ。何かを期待できるほどのことはないが、何もしないで、英司の「あそび」の外側に取り残されているよりは、気が紛《まぎ》れる。

「こっこっこっこっこっこっ、うめえなあ」

ある夜、伴淳三郎さんのCMに合わせて真似てみた。夫が、どこからが白木の一合升《ます》を持って帰ったのを利用したのだ。

「神聖、神聖、神聖」

英司は私の一合升を奪い取って行った。

「こっこっこっこっこっこっ、うめえなあ」

英司自ら、自覚して「人真似」をしたのはこれが初めてのことであった。

「デデたあん、デデたあん」

実穂が英司にまつわる。仲間になりたいらしい。実穂はまだひどい片言で、伴淳三郎さんの真似はできないが、英司はそれと察して、一合升を実穂に渡す。

実穂が口もとで升を傾ける。

「こっこっこっこっ、うめえなあ」

英司は升の動きをじっと見て、伴淳三郎さんの口真似をする。

役に立ちそうもない言葉しか持たない英司と、まだ赤ん坊に近い実穂との関わり方は、示唆に富むものとして私の眼に映った。

升は私にめぐり、英司、実穂とめぐって行き、親子三人の酒盛りは繰り返された。

「神聖、かみ、ひじり」

「松竹梅、まつ、たけ、うめ」

「東芝、日立、ナショナル、ソニー」

なんの手応えもないのに、機会をとらえては片っぱしから、指でなぞり読んでやった。たよりない日々であった。希望のない日々であった。今思い出すさえぞっとする。

夫も子も眠りし夜半の闇にまなこつむれば何もなき明日が見ゆ
神在さばまさばお助け下されと夜半にし流すひとりの涙

とかくして、私はまた熱を発し、一日家にこもった。英司も実穂も、この寒中、ベランダで空瓶の整理に余念なく時を費やした。英司も実穂も、セメントの上で瓶を扱いながら、さほどの物音も立てず、まして不用意に割るということはなかった。思えばふしぎなことである。

このたった一日のベランダでのあそびで、英司、実穂とも、両手両足に霜焼けを作ってしまった。ストーブの前で二人の手足をもんでやる。

ともに神妙な顔をして、もまれる手足をじっとみている。

「この猫鳴くか鳴いてみろ」

実穂の頭をそっと押さえる。

「ニャー」

と応じる。

同じように英司に試みる。英司はひょいと私の手をよけて知らんぷり。

「この犬鳴くか鳴いてみろ」

実穂は「ワン」と応じる。英司は前回同様ひょいと私の手をよける。

「この亀鳴くか鳴いてみろ」

「カメカメ」

実穂は真面目に応じる。

「この亀鳴くか鳴いてみろ、もしもし亀よ。もしもし亀よ」

英司が大声で叫び、その場でぴょんぴょんはね始める。

「カメカメ、もしもし鳴くの」

実穂も英司に同調して、ぴょんぴょんとび始める。

「キリンさんは鳴くか鳴いてみろ」

「キリンさんは鳴くか鳴いてみろ、ビール、ビール、キリンさんは鳴くか鳴いてみろ、ビール、ビール」

英司が大声で応じて歌い、ぴょんぴょんとびを繰り返す。

おおむ返しの後に、英司の言葉が付け加えられるようになった。何か期待できそうな気がして来る。

英司、語る…………………

伴淳三郎さんが亡くなったね。伴淳さんの「神聖」のCMでは、ぼくが初めて漢字覚えたのに……。ぼくは随分淋しくなります。

「神聖」や「月桂冠」や「松竹梅」はね、一度目に読んでね、二度目は別の読み方ができたでしょう。それでぼくは漢字に興味を持ったんですよ。

それから時計の針が動くと時計の顔が変わるわけでしょう。数字もね、アラビア数字と、漢字の数字と、ちがいがわかったから、興味がわきましたね。

酒の空瓶はねえ、メーカー別に並べるとどれが多いか、ちがいがすぐわかるわけよ。まだね、数と関係があるかどうかはわからなかったけどね。

観光バス

四歳五カ月

私はもともと病弱で、命を危ぶまれながら療養の傍らに生きて成長したようである。したがって世にもまれること少なく、その分だけは偏狭、未熟。そんな私であるから、神さまは子を持つ恵みに添えて、子の故に苦しみ戦わねばならぬ歳月を備えられたのかも知れない、と聖書を開く時は神妙、厳粛に思うのだが、「理屈」と「悟り」とはどうも次元を異にするようである。

　うそ暗い冬の日々、三日にあけず病めば、いくら病むに慣れ親しんで成長したとはいえ、苦しみこらえて「にっこり」などはできない。

　夫の顔さえ見れば「グチグチ」「どうとかこうとか」こめかみに梅干を貼りつけて、すぐに涙を流す呪詛《じゅそ》の女へと変貌していった。

「母さんまたキーキーかい。健康によくないですね」

「もう風邪ひいてます」

「あらあ、そうでしたね」

「どうせ私のことなんか、どうでもいいんでしょう」

「あはははは、何を怒ってるの」

「英のことどう思ってるの」

「心配してますよ」

「それは心配している顔じゃありません。」

「お母さん、いいことを教えてあげましょう。牛が疲れて、涎《よだれ》たらしてのたりのたりと、未開の原野を進んだの。人間は牛がのたくり歩いた跡をならして道にしたんですね。牛はあっちへのたくり、こっちへのたくったもんで、日本の道路はみなくねくね曲がってるんです。狭くて曲がりくねった道だから、価値があることもあるんです。お母さんも、英司の後を追いかけてりゃいいんです。自ずとそこに道ができます」

この人はどんな神経の人なのだろう。私は物に動じない夫の健康さに、少なからず妬《ねた》みを覚えていた。この人は英司の父親として、本気で苦悩することがあるのだろうか。

「なによ、英司を牛なみに言うなんて、それでも英司の父親ですか」

「英司の父親かどうか、パパは知りませんよ。お母さんが知ってるだけですよ」

夫は「わははー」と笑い、片目をつぶって見せる。どうみても私の敵じゃない。

「母さん、観光バスに乗りに行こう。英司の喜ぶようにして、ゆっくり、のんびり育てるしかないでしょ」

「いやだ、風邪ひいてます」

「風邪なんか、へでもありません。実いちゃん英君を呼んでいらっしゃい。観光バス、乗りに行きますよ」

実穂は卓の下から飛び出し、英司のところへ走って行く。オルガンの騒音が止み、英司が駆けて来る。

「英君、パパが観光バスに連れて行ってあげるよ」

「観光バスに連れて行ってあげる。江の島鎌倉観光バス。観光バスに連れて行ってあげる。江の島鎌倉観光バス」

英司は、おおむ返しに一言付け加えて、ぴょんぴょん飛びを始める。夫の言うことが通じたようだ。

「江の島鎌倉観光バスに乗りに行く？」

私は英司に念を押すように聞いてみる。

「江の島鎌倉観光バス、乗る行く。江の島鎌倉観光バス、乗る行く」

言葉の遣い方は整わないものの、英司との会話は、その用を立派に果たしたようである。

英司は夫の背中に、実穂は私の背中に、それぞれに背負われて鎌倉駅に降り立つ。二人とも、もうおんぶする年齢はとっくにすぎている。だが二人ともおんぶが好きである。

「英君が恥ずかしい、と自分で思うようになるまで、おんぶしますよ、パパは」

夫はのっしのっしと先を行く。先を行く夫が歌い出す。

「親亀の背中に子亀を乗せてえ」

英司は夫の唄にびっくりしたようだ。

「子亀の背中に孫亀乗せてえ」

私も気分よく一節歌う。急に夫が振り返る。

「母さん、歩きながら歌うなんて、みっともない」

「ごめんなさい、離れて歩きますよ」

「バカ、はぐれますよ」

実穂が夫と私のやりとりを見て、しきりに笑う。

鎌倉駅前から、「京急」と「江の電」の観光バスが出ている。念のため、英司に両方のバスを見せて、どっちが良いか聞いてみる。

「江の島鎌倉観光バス、江の島鎌倉観光バス、江の島鎌倉観光バス」

英司は夢中で、お経を唱えるように言い続ける。英司の念願どおり「頼朝号《よりともごう》」に乗りこむ。私の一家は最後部の座席に、一列に座った。

「母さん、お寺見たかったら見て来なさい。私は江の島までこのまま眠ります。昨夜はあまり寝てないのよ」

バスに乗りこむや、夫はどういう具合に眠るか、眠る姿勢をあれこれ整えている。消防署の救急隊勤務は激務のようである。

「お寺に行っておがむの、具合悪いよ。私、クリスチャンでしょうが」

「おがむことはありません。でもね、一度も観光しないと叱られますよ」

「叱られるかしら」

夫はにやっと笑い、そのまま発車を待たずに眼をつぶってしまう。


「英、長谷観音よ、見に行く？」

「ハセノンノン、やーよ」

実穂が答える。

「長谷観音、やーよ」

英司が真似る。

「今度は大仏さまよ、英行ってみる？」

「ダイコクさま、やーよ」

例によって実穂が先に答える。

「大仏さま、やーよ」

英司は座席で体をはずませながら答える。やがて実穂があくびを一つして、パタッと眠ってしまう。


実穂の眠り方は書物を閉じるのに似て、「パタッ」と一瞬にして眠ってしまう。

英司は眼を見開いたまま、やや、興奮状態。

「京急バス」

「マイクロバス」

「オートチリン」

「はとバス」

「三輪トラック」

「スバル」

「ジャリトラック」

「石焼きいも」

「ボンネットバス」

「猫車」

「ミキサー車」

バスの窓に、自分の知っている車種を見出すたびに、叫ぶように言い、忙しく右、左と体をねじ曲げる。

バスが止まるたび、乗客は皆ぞろぞろと降りて行き、私の一家だけがいつも運転手さんと共に車内に残った。一度も見物に行かない私達に、乗客の一人が笑って言った。

「ああたら一度も、おがみに行きませんね。鎌倉なんてめったに来れないでしょうが、もったいない、もったいない」

「おじいさん、どちらから？」

「新潟です。ああた方は」

まさか「すぐ隣の町」とも言い辛い。

「四国です」

「なるほど、四国じゃ、御霊場も珍しくありませんな」

四国だなとど、馬鹿な出まかせを言ったものだ。四国の霊場なんて全然知らない。空と海から数回見ただけだ。山ばかりの美しい島だと感じただけで、上陸したことさえない。

「四国八十八カ所の御霊場巡りは、おじいさんの夢なんです。なあまいだ、なあまいだ」

今時古風なおじいさんだ。

観光バスの行く手が急に開けて、七里が浜に出ていた。ガイドさんが、この観光の終わりを案内している。

英司は、「長谷観音」「大仏さま」「八幡さま」「建長寺」「極楽寺」「七里ケ浜」「ヨット」「海」など、ガイドされる言葉の中の単語だけを、なぜか反復している。

終点江の島に着けば、乗客はみなそこで降ろされてしまう。私の一家も最後に下車することになった。

英司はドアの前で急に激しく抵抗し、下車を拒んだ。夫は軽々と英司を抱えて降りた。

「ギャーギャーギャーギャーギャー」

英司は地団駄を踏んで泣き叫ぶ。まさに、パニック状態である。

「英ッ、バスに乗るの、停留所に行くの」

夫はわんわん泣きの英司を引きずって停留所に

行く。実穂はまだまわらぬ舌で、しきりに英司を慰める。

「デデたんよしよし、デデたんよしよし」

帰りのバスの中でも英司は泣き続け、一向に泣き止む気配がない。折角の非番をつぶして出て来た夫も、これでは報われまい。

英司は延々と泣き、その合いの手に、

「江の島鎌倉観光バス、乗る行く」

と繰り返す。

「英君、大船で焼鳥食べよう」

「江の島鎌倉観光バス」

「太鼓焼きがいいかな」

「江の島鎌倉観光バス」

「じゃ、ホットケーキ」

「江の島鎌倉観光バス」

「ラーメンにしようか」

「江の島鎌倉観光バス」

夫がどんなになだめようとしても、英司は頑として泣き続ける。

「パパは悲しいよ」

夫はとうとう悲鳴をあげてしまった。それでも大船に着いて、焼鳥屋に寄ると、英司は急に泣き止んだ。腹も空いていたらしい。

翌朝、眼ざめから英司がわめき始める。

「京浜急行遊覧バス、京浜急行遊覧バス、京浜急行遊覧バス」

昨日はあんなに、「江の島鎌倉観光バス」だと言い泣いてさわいだ英司は、どうした訳か一夜明ければ「京急遊覧」だとわめく。

仕方なくまた観光バスに乗りに行く。昨日来たばかりだったせいか、英司は真直ぐ京急遊覧の乗車場に駆けて行く。

昨日のように後部座席に座る。例によって実穂はほどなく眠り、英司は昨日と寸分違わず行き交う自動車の名を叫ぶ。

今日もまた、遂に一度も観光下車をしないで、終点近くまで来ていた。

「ここが最後ですよ」

ガイドさんは親切に言ってくれただが、実穂は眠り、英司は下車する気配さえない。

「お客さん、どうして観光バスなんか乗ったの」

運転手さんは、にやにやして言う。

「やだ、観光バスだから乗ったんですよ。ねえ英ちゃん」

「観光バスだから乗ったんですよ。観光バスだから乗ったんですよ」

おおむ返しをする英司を、運転手さんは怪訝《けげん》な顔で見直している。

「英、次は終点江の島よ、下車します」

「次は終点江の島よ、下車します」

英司のおおむ返しも、少しずつ変化しているな、と感じる。「英」の部分が、いつの間にかなくなっている。

英司は下車することになんの抵抗も見せないで、立ち上がり黙って降りる。

「また来週のお楽しみ」

私はバスにバイバイをして見せて、英司の耳にそっと言う。英司は敏感に反応する。

「残念でした、また来週のお楽しみ。残念でした、また来週のお楽しみ。残念でした、また来週のお楽しみ」

どうも英司は、テレビの中の一つの場面を、思い出しているようだ。走り去るバスに、英司も実穂も手を振る。

昨日おぼえた停留所に英司が走る。

大船で焼鳥屋に寄る。

何から何まで、昨日と寸分たがわぬ一日が終わる。バスの車種が変わり、夫がいなかっただけである。

それにつけても、三日も四日も続けざまに「観光バス」と言い続けたらとうしよう。私は内心、恐怖であった。だが、翌日の英司は私の恐怖を察したのか、ゴミ捨て場あさりに熱中して、観光バスを忘れているようであった。

英司が、壊れたベビーカーのハンドルを拾って来た。ハンドルだけで一体何をするつもりなのか、いささか興味を覚えた。

英司は、テレビ台に使っている五段の整理ダンスの三段目の引き出しに、ハンドルの心棒を突きさして固定させ、ケロヨンのベビー椅子《いす》を二つ並べ、食堂の椅子も運んで来て、これだけはハンドルの前に置いた。

実穂は、英司の椅子運びの段階から黙々と手伝っていたが、オルガンの椅子が運ばれて来ると、ケロヨンの椅子に腰掛けてしまった。実穂の期待しているものは何か。

英司はオルガンの椅子に座り、ハンドルを手に掛ける。

「ベー、ベー、ベー、ベー、ベー」

英司の発する声を聞くや、実穂は駆け出して行って、どこからか旗を探して来た。

「オーラッ、オーラッ、オーラッ」

実穂は、そこらを駆けまわりながら叫ぶ。どうやら二人は、バスの方向転換をしているようである。

「実いちゃん、おりこうね。英ちゃんのことがみんなわかるんだね」

実穂は夥《おびただ》しく涎《よだれ》をたらしながら私を見て笑い、再びケロヨンの椅子に座りこむ。

「ハセノンノン、ダイコク、エノツマ、ハセノンノン、ダイコク、エノツマ」

英司が、ハンドルから手を離して笑い出す。向こう向きのまま、しきりに笑っている。

「長谷観音、大仏、江の島、あはは長谷観音、大仏、江の島、あははは」

実穂の片言の意味が、英司にはわかったようだ。英司はすばやくハンドルを切りながら、冴《さ》えた声で言う。

「間もなく終点江の島でございます。残念でした、また来週のお楽しみ。間もなく終点江の島でございます。残念でした、また来週のお楽しみ」

英司、語る……………

観光バスは、定期バスとずいぶんちがいがありましたね。ぼくは「ちがい」が気に入ったんですね。方向転換とか、ガイドさんの案内とか、一度切符を買えば、何回降りてももう切符は買わないとか、いろいろちがいがありましたね。あの頃の観光バスは、しかも扉が手動でしたね。

大野さん

　大野さんは私の最も親しい隣人の一人だ。英司を連れてデパート通いをしていた頃、大野さんは私の家を訪問して下さった。大野さんは大きな紙袋を持って、玄関先で何やら口ごもり、はにかんでおられた。

「失礼かと思ったんですけど」

　大野さんは、もう一度はにかんだ。「おばあちゃん」と呼ぶには少し早い、初老の婦人であった。

「もし、おいやじゃなかったら使って下さい。ママ（お嫁さん）と相談したんですけれど、お宅で使ってもらえるならと思って……、お寄りしてみたんです」

　紙袋の中には、ママとお孫さんの古着が入っていた。

「嫌だなんて、とんでもありません。大変、助かります」

　多分、大野さんも、私のひどい身なりを見かねてのことであったのであろう。

　デパートの姿見で自分の姿を見出し、私自身、どうにもこらえきれない爆笑を誘われたほどである。ひと様から見れば、どうであるか想像し難いことではない。

　大野さんは、ご自分の善意や親切を、相手に負担だと感じさせない、大きさとあたたかさを持った人である。

　大野さんを見ていると、同じ言葉でも行いでも、こうも違ってくるものかと、しばしば考えさせられる。

英司をあそばせるだけの目的で、デパート通いをしていると知ったある人は、爆笑した。

「あんた馬鹿よ。子供なんてね、そんなにしてまで苦労して育てることないよ。すぐにステレオ買え、カセット買え、オートバイ買え、ですよ。大きくなりゃ、親から金巻き上げることしか考えやしないよ。それにさ、嫁さんをもらえば、親なんてポイよ。それよりさあ、悪いことは言わないよ。あんたね、自分の身なりぐらいはきれいにしなよ。あとで後悔するよ」

この人の忠告もまた心に沁みた。蔭口を叩かれるよりは、よほど真実だ。

「あなた、英ちゃんをあそばせるだけの目的でデパートに行くの？　私だったら、まず自分のこと考えるわよ。子供のために自分の生き方を犠牲にできないし、自分の楽しみや満足とかは、必要だと思うのよ。第一ね、英ちゃんがそんなことぐらいで、よくなるって保証がどこにもないわけでしょう。何も、自分を犠牲にすることないと思うな」

才色兼備、知性爛漫、なんの苦労も悩みもなさそうな一主婦のご意見。行きずりの「三分談話」じゃ論じきれまい。ああ、溜息。

どうだっていいけど「自分を犠牲にして」とか、「なんの保証も」とか、難しいことおっしゃってさ、なーんか傷つく。私のオンボロ振りは、あるいは「悲愴」に見えるのかも知れない。

「父ちゃん私、ひどいかっこう？」

「どう見たって、デパートに行くってかっこうじゃありませんね」

「デパートに行っても、ダーレも私のこと知らないのよ」

「そりゃそうですよ。でも知ってる人に会うことだってあるわけでしょう」

「もともと知ってる人の前で、何もかっこつけることないですよ」

「それもそうだ」

夫はそれ以上何も言わない。一家で外出する時は、多少気を付ける。三歩退って師の影を踏まず、程度の距離を保つ。

「母さん、離れてるとはぐれるよ」

「だってさ、父ちゃんだって、若い女性の一人や二人振り返ってくれるかもしれないでしょ。だから離れてあげてるんじゃないの」

「わははははは、母さんなんかさ、街のみんなが振り返るんだもの、凄いよ」

「どういう意味」


私の生まれ育った家は、祖父の代の分家の一つであった。本家、西分家、北分家、南分家と、東西南北に祖父ら四人兄弟が居を構えていて、私はその一つ南の家で生まれた。


西の家を除いては、みな睦《むつ》まじく交際していた。もっとも、冠婚葬祭では四家が顔を揃えた。それぞれの家の孫たちは、若い叔父さん叔母さんに預けられ、「事」が済むまであそんでもらった。そんな時、西の家の孫たちは、泣きベソをかくまでみんなにからかわれた。

それというのも、西の家はケチで有名であったからだ。お茶によばれて祖母に同行しても、二つ目のお菓子に出を出そうとすると、祖母は幼い私の袖をひいて、そっと制止するほどであった。

だが、私はただ一人、西の家のおじいさんのお気に入りで、畑仕事、山仕事に行く時は、おじいさんにおんぶしたり、馬に一緒に乗ったりして連れて行ってもらった。

ある時、おじいさんは庭に土俵のような型に盛土をした。

「おじいさん、何するね」

「チュウリッパを植える」

「チュウリッパはどんな実がなるね」

「花が咲くだけじゃ」

「花だけでも我慢するね」

「わははは、そのかわり中くらい立派な花が咲く、それで中立派という。花も良いもんじゃ」

あまりにもケチと聞かされていたおじいさんが、まさか、花だけ咲いて実のないような物を植えるとは、幼い私には考えられなかった。西の家の屋敷には果樹が多かった。これらの樹が季節ごとに実のらせる物を、西の家はほとんど人に分けようとしなかった。

果実が腐って落ちると、親木の肥料になるというのだ。あきれたものである。とはいえ、幼い私には、実害も実益もない。おまけに私は、おじいさんが好きであった。

春が来て、おじいさんの土俵に青い芽が出揃い、緑色のつぼみがずらりと並んだ。私はいつ咲くかと、その成長を楽しみにしていた。

ある日おじいさんの家に行くと、あの土俵のまわりに、高い簾垣《すだれがき》が結わえられてある。

「おじいさん、どうしたね」

「中立派が咲いたよ。だがな、こんな美しいもん、誰にも見せへんぞ」

「えい子が見たら、へるね」

「いやへらへん、えい子だけ見るか」

簾垣の内に入れてもらうと、それは見事なチュウリップの大群であった。絵本では見たことがあったが、本物を見るのは初めてであった。

「おじいさん、これはチュウリップだね」

「えい子、知っとったか」

「絵本で見た」

「えい子であっても、本当のことを教えるのは惜しい。おじいさんはケチだからな。あはは。人間転んでも、ただ起きるようじゃいかんぞ」

「転んだら何持って起きるね」

「そうだな、おじいさんは馬糞の一山も、懐にかっこんで起きるぞ」

「馬糞をどうするね」

「持って帰って畑の肥やしにする」

数日後。

「おじいさん、えい子は馬糞よう拾えんよ。馬糞のあるところでは用心してしまうで、転ばんようになっとるのよ」

「馬糞、ばっちいか」

「ばっちいよ」

「えい子、毎日うんこするか」

「するよ」

「ばっちいか」

「ばっちいよ」

「ほんじゃえい子、おまんま食べねばいい」

「やだ、おまんま食べる」

「うんこは、おまんまでできてるぞ」

「でも、うんこはばっちい」

「ばっちい物が土を肥やすのよ。土が肥えると、米、麦、芋、大根がよくとれるぞ。ほんでな、ばっちい物を馬鹿にすると、ばちがあたるのよ」

〝腹をずしりと横に据え、世間を藪《やぶ》に睨《にら》んで、人の風評「へ」ともせず、卑《いや》しいものを卑しまず、どんな時にも糞真面目、なりふりかまわず、わが道を行く〟

このケチ兵衛さんも、何十年かの昔に世を去り、ご先祖様の列に加わったが、「なりふりかまわぬ」血筋が、私の内に脈打つのを覚える。

子育ては、「自己犠牲」でもなければ、何かの「保証」があってするものではあるまい。

よろず人の親は、自分で「一番よい」と思う方法で子育てをしているはずだ。また、子育てには、流行やファッションなど必要のないものだと、生意気に開き直ってみたりもするが、実のところ私は自分自身に絶望していたのである。

雀、また野のけものさえ、神さまが創造された時さながらに、子を生み育てて自然の中に調和し、個々の種族を見事に伝え続けている。これらの野のけもの達に勝るところの何ひとつない情けない存在として、私は私を見ていた。

私は、母のない家庭で成長した。したがって、私には「母親の原型」がないのである。人は無意識のうちに自分の「母親の原型」をなぞり、子育てに励むのではないかと思う。

私の前には、無限で自在な「母」への道があった。どのような「母」になるのも、私の自由である。束縛もなければ教範もない、それはただひたすらに、重く苦しい「母」への自由であった。

英司がまともに成長しないのは、ひとえに私の責任、無知、無力のいたすところかと、拭い去ることのできない罪意識に責められることが、しばしばであった。

「親は無くとも子は育つ」とは、よく言われる言葉だ。私は「百害の母」ではないかと、死にたくなったこともたびたびであった。

「お母さん、しっかりしてよ、ここにキリストのようなパパがいますよ」

「何がキリストよ、そんな髭面《ひげづら》、定九郎か、国定村の忠治じゃない」

「おーい英君、実いちゃん、散歩に行こうよ。おっ母は、キーキーだから」

「今帰って来たばっかしじゃない」

「家にいるより、ましでしょ」

夫も子供もいない部屋内の静寂は、耐え難く空しい。夫は裏山のあたりから「一人静」のかれんな花を土ごとつかみ取って来て、小さな鉢に植えてくれたりする。

キリスト様とは比べるべくもないが、何よりも手近。無類の善人。見直せば良い夫である。

私は、この稿を書き進めながら、次第に心が落ちこんでゆくのをどうすることもできない。

その日その日を、ただ差し迫った急場しのぎに生きて来たことに対する悔い。限りない痛みを感じる。

こんな母の心の軌跡を、成長した日の英司や実穂は、どのように受け止め、どのように裁くであろうか。


玄関のベルが鳴る。大野さんが、おでんの鍋を抱えて立っている。

「寒いでしょう。また真行寺さん風邪ひいてるかと思って。お宅の分も作ったのよ。お宅の味に合わせて食べてね」

大野さんは、料理などろくに作れない私を、いつも心にかけて折々の料理を届けてくれる。

これも神さまのお恵みにちがいない。私は素直にそう思う。

見放され見捨てられ

昭和四十五年三月

「幼稚園、無理ですね」

「あのう、じゃ、私立の養護学校のようなところで、幼稚科でもあれば……」

「さあ……よしんばあったとしても、お宅のぼくの場合無理ですよ。ちょっとひどすぎますからね」

「でも、最初に見ていただいた時から比べると、随分よくなっています」

「そりゃ……お母さんから見れば、そう見えるでしょうけどねえ」


「先生は、軽い遅れだとおっしゃいました」

「ええ、まあ、最初からはっきり申し上げるのも、どうも、なんですから」

「じゃ、軽くはないんですね」

「つまり、軽いとか、重いとかではなく、当面、教育法も、治療法もない、精薄とでも申しあげたら良いのか……どうか……」

「精薄ですか」

「一応、そういうことになると思います」

「治療法も教育法もないとおっしゃるのは、重度精薄という意味ですね」

半年間もの間、英司を観察した結果がこれであった。

「NHK言葉の相談室では、自閉症のようだと言われました。重度の精薄と、自閉症と、どこがどうちがうのでしょうか」

「自閉症!?　NHKで?　それは大変だ。お母さんね、このことは絶対口外なさってはいけません。

自閉症だなどと知れると、小学校にも行けなくなりますよ」

「どうしてでしょうか」

「とにかく、面倒なことになりますから」

「でも、言葉も出てきています。字も少し読めます」

「英君、英君。こっち!! 先生の方を向いてごらん。はあー、こっちを向きませんねえ。返事もできませんねえ」

「返事はまだできません」

「英君、ほらほらよく見て、はい、先生と一緒に読んでみようね。はい、りんご……、どうもぜんぜんわかってないみたいですね」

「…………」

「ま、当面お母さんが面倒見るしかないでしょうね。じゃ、また何かあったら、いつでもおいで下さい」


にべもなく断られて何も考えることのできない絶望が、心にあった。この相談機関と相前後して、別の相談機関でも、英司は全く同じ判定を受けた。

「どうにかして下さいっていったって、あなた、盲腸切るようなわけにはいかないんですよ。わかりますね。われわれだって、困っているんですよ」

不意に、手でかき割くような痛みが、心臓に走った。

死が間近にあるように感じた。よろめきながら、ようやく拾ったタクシーの中で、私はこらえ切れずに泣いた。

「不幸でもおありなさったか」

激しい嗚咽《おえつ》が、こらえてもこらえてもせきあげてきて、とまらなかった。

「人の不幸に会うのは悲しいことだよなあ。でもさ、何も彼も運命だよね。そのうち辛さもうすらいでくるさ」

タクシーを降りて電車に乗ってからも、私は泣き続けた。涙がとまらないのである。

「次の駅で降りましょう」

それは美しい初老の婦人であった。夫人は英司の手を握り、私の背中を押すようにして、次の駅で下車した。夫人は、ホームのはずれにある椅子に私を導いた。

「ここでしばらく、こうしていましょう」

駅のベンチで英司はぼんやりとあらぬ方を見ながらも、神妙にその夫人に手を取られたままじっと動かない。

「お宅まで、お送りしましょうか」

しばらくして夫人が立ち上がる。

「いえ、自分で帰れますから」

「本当に大丈夫？」

「はい、ご心配をおかけしました」

「死なないで……ね」

「えっ!!」

「いえ、ぼっちゃん、とても良いお子で、お羨ましい。私は一人ぼっちですのよ」

「一人ぼっち!?」

「両親も、夫も子もなくて……まるで蝉のぬけがら……」

まさか、とは思わせる美しいほほ笑みが、夫人の顔にあった。

夫人は私が電車に乗るのを見届けてから、次の電車で帰ると言い、私達親子を電車に乗せた。少し首をかしげてホームから手を振り続けていた姿が、昨日のことのように思い出される。

一期一会、とは良い言葉だ。私はあの夫人の思いがけない出現で、心の危機から確かに救われていた。

英司は世間並には、まだほとんど「物言えぬ」子であった。彼は自らの必要を満たすためには、わずかな「おおむ返し」と「自閉語」を用いたが、それも家族内に限られていた。

われの背に背中を熱くすりつけて物言へぬ子が
此処に居るかも　　　　　　　　　　　夫　四郎

物言へず齢《よはひ》かさねしわが英司石ひとつづつ水に
落しゐる　　　　　　　　　　　　　　夫　四郎
（歌集・風葉）

夫でさえ、当時の英司をこのように詠んでいる。「治療法・教育法」のない障害児という宣告は、私を打ちのめした。のがれることのできぬ絶望感が私の食欲を奪い、睡眠を奪った。

さすがの夫も私の憔悴《しょうすい》ぶりに、たじろぎうろたえた。

「英司にはおれ達がいるんだ。今までだってどうにかやって来たんじゃないか。これからだって、どうにかやってゆけるさ」

「あなたはいつも呑気《のんき》なのよ」

夫は、英司に煙草の火をつけてもらいながら、平静を装っている。

「英司は、重度の精薄だと判定されたのよ。悲しくもなんともないの？」

「パパだって悲しいですよ。でもね、世の中には重度の精薄児なんて、ゴマンといるんですよ。悲しいなんて言うのは失礼ですよ」

「幼稚園も行けないなんて」

「パパも行きませんでした」

「山奥だから、なかったんじゃない」

「あらあー、パパを馬鹿にしましたね」

物に動じない夫を羨しいと思った。

「英君や実いちゃんに、淋しい思いだけはさせないようにしよう」

私は黙った。

「おーい英君、パパとお風呂に入ろう」

裸になった英司を見て、実穂も風呂に入るとせがむ。

「父ちゃんに入れてもらいな」

「えっ、実いちゃんもパパと入るの？」

「いいじゃないの。たまには」

一人部屋に残ると、思いがけない淋しさが心を侵した。

英司のために、苦しみ呻《うめ》き嘆く人生であっても、一人の人生の淋しさよりは幸いなのかも知れない、とふと思う。

「……蝉の脱けがらのような……」

あの夫人の言葉が甦《よみがえ》った。思いの中の夫人は、なぜかかげろうのように儚《はかな》く思えた。

私にはまだ、痛みを分かち合う夫がいる。一人よりはいいのかも知れない。

「父ちゃん、ビール飲んでみない？」

夫も私も酒類をたしなまない。それでも、どこからか酒やビールが届くものである。

英司と実穂にカルピスをあてがい、ビールの栓をあける。英司が私の手もとをちらっと見るなり、とんでくる。

「英ちゃん。これはねキリンビール。パパの物」

「これはキリンビール、パパの物。これはキリンビール、パパの物」

英司は文字をなぞる私の指を、じっと見ている。どうやら片仮名に興味があるらしい。

「おやおや、実穂も読みたいのかな」

実穂にも、一文字ずつなぞって読んでやる。

コップに白く泡立つビールを注ぐと、英司がぴょんぴょん飛び始める。

「キリンビール、キャブ、キャブ、キャブ、キリンビールキャブ、キャブ、キャブ」

キャブは英司の「自閉語」の一つ。この場合は、

「キリンビール、こぼれる、流れる、駄目になる」

ことを期待しているのである。彼もなかなかなものだ。

私は自分のコップに口をつける。

「キャッ、こんな苦いもの、おまけに腐ったようなこの匂い」

「当たり前でしょ」

夫は、自分のコップを半分ほど一息に飲んで、顔をしかめている。

「もう飲みたくないな」

「でも、もったいないよ」

私はビールにカルピスを入れて、かきまわし一口飲んでみる。

「ぐえー、やっぱりよすわ」

「無理して飲むことないよ」

夫は淋しそうである。今頃になって悲し気な顔つきをしている。

「こんなさ、物凄い物、我慢して酔っぱらうほど飲む人がいるなんてさ……その人たちよっぽど悲しいのよね」

「アルコールをやらない人なんて、世の中のわずかな人達ですよ。もっとも、酔っぱらう人達は、その間だけでも、自分の逃げたいものから逃げた気になるかも知れないけどね」

「酔っぱらうこともできない私達よりは幸福かなあ」

「それはどうか……」と夫。

「ねえ、教会の日曜学校、どうかしらねえ。週に一度のことだし、なんの制約もないはずよ。だってね、キリストは救い主だもの、きっと英司を助けてくれると思うのよ」

「教会にキリストがいるわけじゃないでしょう。人間がいるんです。英司のことをわかってくれるかどうか」

夫はいつになく私の気持ちに逆らって意地の悪い言い方をする。

「でも、教会は百匹目の羊を助けるために、建っているんですからね」

「あまり期待しないほうがいいですよ。まず電話をして、確かめてからにしたらどうかな」

夫はなぜか、非常にクールにそう言う。

「日曜日とおっしゃらずに、今すぐにでもいらっしゃい」

これぞクリスチャンの声、電話の向こうの声は明るく優しい。だが、場所を確かめてみると、とうてい通える近さではない。

何回目かの電話で、ようやく通うに適当と思われる教会がみつかり、ほっとする。

「実は、当方の子供は知恵遅れで、言葉もよくわかりません。幼稚園にも行けません。それで、せめて日曜学校なりと行かせたく思いまして」

電話の声は、それまでとは打って変わって事務的となり、冷たい気配を帯びてくる。

「お行儀よくしていられますね」

「さあ、椅子に座っていられるかどうか」

「お子さんの、年齢相応のしつけができていないようでは困ります。集団の中にあって、秩序と規律が守れないようでは、当方としてもお引き受けするわけには参りません。第一、おとなしくお話を聞けないようでは、おいでになる意味がありません。どこか他をお探しなさい」

吐き気をもよおすような、憤怒の情がこみあげてくる。声をも出せず、受話器を置く。助けを求めている者に門戸を閉ざす教会があるなど、とうてい信じ難いことであった。信じ難い現実が、ここにあった。私は前にもまして、憔悴の度を深めた。二、三日は、発熱のために起き上がることさえ苦痛であった。

英司や実穂は、事の異常さを感じるものか、実におとなしく、外へも行きたがらず、多くは私の枕もと近くで時を過ごした。熱が去った時、思い直してもう一度、願うような気持ちであの教会に電話をした。

電話番の女性が、別の人になっているかも知れない。もし別の人に変わっていない場合でも、

「考え方」そのものが変わっているかも知れない。なんと言っても「キリスト教会」なのだから。

「何回お電話下さいましても、同じです」

先方は、私の声を覚えていた。しかも、決して翻意する意思のない声は、高圧的ですらあったのだ。なんということだ。私はたまりかねて泣いた。声を放って泣いた。

英司と実穂が駆けて来た。そしてわっと泣き出した。私の狂気の沙汰に、怯《おび》えているようだ。

母われの嘆きわかかぬに幼な二人わが泣けば泣く声を放ちて
死に急ぐ人の心の暗黒をつぶさに見たる思いしており
キリストは、私の最後の希望であった。自分の力で生きられないと感じたら、死ぬ気を起こす前にキリストのもとに帰ろう、と心にきめていた。まさかこんな手ひどい拒絶に会おうとは、予想の他であった。

「クソッ。敗けてたまるか」

ざばざばと涙を流した後の私に、ふしぎな反骨心が目覚めるのを覚えた。

「クソッ、クソッ、クソッ」

英司が笑っている。

「フラワーセンターに行こうか」

「フラワーセンターに行こうか、フラワーセンターに行こうか」

英司が「おおむ返し」に答えて、ぴょんぴょん飛びを始める。

フラワーセンターはまだ花には早く、椿、白梅、紅梅のほかは、土にへばりつく高さに並ぶチュウリップの蕾、そしてデージー・パンジーの数少ない花であった。

人影もまばらで、どこまでも見通せる道が縦横にある。

英司が駆け、実穂が後を追う。

芽吹く前のバラ園は、奥の方まで見透かせる明るさである。大きな棘《とげ》をあらわに直ぐ立つ太幹、うねりを見せて絡《から》み合う枝、みなつややかに陽の光を返している。

それは恰《あたか》も強烈な「生命」への挑戦を受けて立ち、自らの「生命」を勝ち取って来た勇士たちのようにさえ、私には思えた。私は英司と実穂の動きを目の隅で追いながら、得体の知れぬ敵愾《てきがい》心を燃やした。

夫は日曜学校を断られたことに対して、少しの驚きも見せなかった。

「気長に探せば良いでしょう。英は専門家でも見放した子なんですから。断られても仕方がないですよ」

「クソッ。あの女、呪ってやる」

私は腕まくりをした。

「馬鹿なことを……」

「どうせ、私しゃ馬鹿ですよ」

「よしなさい。それで母さんはクリスチャンですか。それじゃ普通の人の方がよっぽどましでしょうが」

「なんと言っても、呪《のろ》ってやる」

「よしなさい。それじゃ電話に出たお姉ちゃんより、ひどいじゃないの」

「何がお姉ちゃんよ。鬼ババア、馬盗人」

私は息巻いた。夫は笑い出す。

「わははは。馬を盗めりゃたいしたもんでしょうが」

「父ちゃん、一体どっちの味方」

「もちろん、母さんの味方ですよ」

夫はいつも、何か余裕を持っている。

「あのね母さん、その教会ではね、きっと百匹目の羊を見つけ出した後だったのよ。だからさ、百一匹目までは面倒見きれないってことでしょう。

でもね、九十九匹しか羊のいない教会もあるだろうし、百一匹目を拒まない教会だって、きっとあるはずですよ」

この夫があり、失意に沈む日々を辛うじて耐えた。

幼稚園に行きたい

四歳八ヵ月

四月十日

この日、団地内は、早朝から晴着姿の親子連れで賑わっていた。駈けまわる子を呼び戻し、記念撮影に歓声をあげていたりする。

私は無性に悲しかった。本来ならばこの日英司は、入園式に臨むはずであった。

相談機関に見放され、キリスト教会では拒絶され、英司の行くところはどこにもないように思われた。一切の希望が失われた気がした。

英司と実穂を連れて、私はバスに乗っていた。どこに行くあてさえなかったが、いたたまれぬ思いにかられて、団地を後にした。

「英、噴水見に行こうか」

「噴水、噴水、見る行く。日比谷公園。噴水、噴水、見る行く。日比谷公園」

英司は心からうれしそうである。

自ら「日比谷公園」と場所の指定までした。

「実いちゃん、日比谷公園のハトポッポ、おぼえてるかな」

「ハトポッポ、ピョンナさんだだだ——」

実穂が笑う。

「ハトポッポ、ポッポ、ポッポ、ポッポ」

英司が笑う。

いじけていた心に、この子らの笑顔が沁みる。

戸塚駅に来て待つことしばし。ようやく空いた電車が来る。だが英司は乗車を拒んだ。

「グリーン車がいいの?」

「グリーン車がいいの」

英司の「おおむ返し」の様子だと、この際グリーン車には関係ないようだ。ほどなく、構内放送があって、湘南電車が通過する。英司は私の手を振り放して、ホームを駆け出して行く。通過電車と並行して走り、ホームの端まで駆けて行った。英司は湘南電車に乗りたかったようだ。しくしくと泣き出し、やがて「おん、おん」と大声で泣き出した。

「英、湘南電車は止まらないの。急行だから止まらないのよ」

「湘南電車、止まらないの、急行だから止まらないの。湘南電車、止まらないの、急行だから止まらないの。わーん、わーん」

そこいらの人達の視線が、英司に集まる。

「英、今日はグリーン車で、我慢しようね」

「グリーン車で我慢しよう、グリーン車で我慢しよう」


どうにか英司は聞きわけたようである。

日比谷公園は、春が一杯に満ちていた。いろとりどりの花や芝生の緑、木々の緑に映えている。

極彩色の若者達、輝きながら行き交う。ポップコーンを買って鳩を集め、身動きできなくなったり、噴水のまわりをグルグル走りすぎて、親子二人同時に目をまわしたり。汗ばむほどの陽気の中にあって、私の心はようやく和む。英司は驚くほどの体力を見せ、余念なく鳩の群を追い、追い散らしてはまた追う。

実穂は用心深く、一羽を追っている。私の目は、自ずと動きの早い英司に向く。

ふと見ると、小さな実穂の姿が消えている。広い公園の四方に目を走らせる。公園全体がグラグラとゆすぶられている感じに、多くの人々が皆動いている。この動き止めない人々の中の一点として、小さな実穂を捉えることは不可能のように思える。

英司を掴《つか》まえて、一緒に探しに行こうと英司めがけて私は走り出す。何を思ったか、英司は私に背を見せて逃げて行く。そして、突然立ち入り禁止の芝生の中に走りこんで行った。見れば英司の行手に実穂の姿がある。まだ一羽の鳩を追い続けている。

芝生のまわりを回りながら、英司と実穂の名をこもごもに呼ぶ。二人は鳩を追い、東西南北に駆け、てんで私の声など耳に入らないようだ。金切り声をあげている私の肩を叩く者があった。

「お宅のお子さんですか」

「そうです」

「立ち入り禁止の注意書き、読めますね」

「あの子たちに読めるわけないでしょう」

「失礼、お子さんではなく、お母さんという意味で申し上げました」

「やだ、読めるから、あの子達を連れ出しに行けないで困っているんじゃない」

男性は肩をすくめて笑い、芝生を横切って英司と実穂に近付く。二人はやにわに逃げ出す。男性が追う。やがて実穂が泣き出す。英司は猛烈な速力で弧を描いて逃げる。男性は肩で息をしながら引き返してくる。

「ご自分で連れ出しにいらっして下さい」

実穂は怯えきって、私にしがみつき泣き続ける。

「恐くないよ、さあおんぶして、おっ母にしっかりつかまっていなさい」

追えば全速力で英司は逃げる。

「英、待ちな」

「英ッ待ちな、英ッ待ちな、英ッ待ちな」

英司は「おおむ返し」に言い、声をあげて笑い、風のように身軽に走る。

「英ッ、湘南電車に乗るの、帰るのよ」

英司はバネ仕掛けのように、ピタッと止まり戻って来る。

「湘南電車、キャブ、キャブ、湘南電車、キャブ、キャブ」

「そうです、そうです。湘南電車は、走るの、速いの」

英司の自閉語を訳して言ってみる。

「湘南電車、走るの、速いの、湘南電車、走るの、速いの」

よく通じる、と思う。

「湘南電車、バブ、バブ、湘南電車、バブ、バブ」

「湘南電車は急行だから、戸塚には止まりません」

「あはは、湘南電車は、急行だから、戸塚に止まりません、あはは、湘南電車、急行だから戸塚に止まりません」

そっぽを向いてはいるが、英司は、いかにも楽し気な笑い声をあげる。思い切って団地脱出を試みてよかった。

幼稚園のマイクロバスは
キンコンカンコンキン
オルゴールを鳴らして走る

幼稚園のマイクロバスは
キンコンカンコンキン
先生お早ようみんなもお早よう

幼稚園の送迎バスが、窓の外に止まるようになった。二つの幼稚園の子供達が二度にわたりここから出発して行く。英司は、白菊幼稚園のマイクロバスが気に入っているようだ。

せめて英司の心を慰めようと、唄を作ってみる。英司も実穂もすぐに覚えて合唱する。

「英、幼稚園に行きたいの?」

「幼稚園行きたいの、幼稚園行きたいの」

英司は自分の意思のはっきりしない「おおむ返

し」で答える。

「日曜学校探してみようか」

「日曜学校探してみようか、日曜学校探してみようか」

英司の意思も自覚も、全然感じられない返答ではあったが、それでも私は、もう一度電話帳を調べてみた。意外にも近いところに教会がある。なぜか心がはずんだ。

「日曜学校は自由ですから、いつからでもおいで下さい。お子さんに少々問題がおありでも結構ですよ。イエスさまはすべての子供を平等に愛しています」

幼稚園にも行けず、他の日曜学校では断られてしまった英司のことを、残らず訴えた。

「当教会ではお断りしません。イエスさまの所に来る子供を、拒む理由がありません」

今度こそは確かにキリストがおいでになる。考えればキリスト教会に、キリストの存在を実感として感じることは当然の理ではあるのだか、当然のことが奇跡のようにさえ思え、胸を熱くした。

世の欲を離れ一時の安らぎに知恵のおくれしわ
が子を抱く

英司を受け容れてくれる教会が見つかったことは、一方ならず私を力づけた。ただ、呪うことだけを愛する人間になり果てたかも知れぬ心の危機にあって、神さまはもう一度私に、教会を探す勇気をあたえて下さったのであろう。私はしばらく瞑《めい》目した。

思えば、英司を拒絶した教会の牧師に、私は面識さえなかったのだ。面談を申し入れ、熱意を持って願ってみることさえ思いつかなかった。電話口の女性を、まるで教会の代表者かキリストの代弁者かのように考えていたのである。馬鹿な話だ。

電話一本で、多くの問題を抱えた英司をわかってもらい、助けてもらいたいなどと考える虫の良さ、甘えは、例えば十字架をかかげたキリスト教会といえども、拒《こば》んで当然なのかも知れない。私はこのことによって、実に良い教訓を得た。

いつ、どこででも、土下座する覚悟を持っていない限り障害児英司の生きる道は見いだせないのであろう。

日曜学校第一回目

英司、会堂に片足を踏み入れたまま頑として動かず、仕方なく引き返す。

第二回目

靴脱ぎ場に立って三分。

第三回目

靴を脱いで、そのまま五分。

第四回目

靴を脱いで下駄箱に入れて七分。

第五回

会堂に上がり八分。

第六回目

会堂ベビールームで十分。

やっとの思いで探し当てた日曜学校であったが、一週ごとに分刻みの戦いである。なんの制約もなく育てられた英司の嗅覚的感覚が、まねく警戒心のなせるわざであったかも知れない。ほかに行くところのない英司でなければ、この分刻みの戦いに、いかなる希望も見いだせなかったにちがいない。

二分、三分とは言え、週ごとに確実にタイムを伸ばしている。たったそれだけのことであっても、その「二、三分」に希望を置くしかなかった。

英司はやがて、教会での「数分」を自分の義務として自覚し始めたようである。したがって、自分の義務を果たしたと見るや教会の「お山」を駆け下る。後から呼ぼうが、わめこうが馬耳東風。

やっとの思いでふもとまで下って来てみれば、すでに英司は、交通麻痺状態に陥った道路の向う側で、ぴょんぴょんはねている。

「馬鹿、気をつけろ!!」

「それでも親か!!」

「自分の子供に責任持てよ!!」

自動車の窓から、何人かのドライバーが罵声《ばせい》を浴びせる。

「相済みません。申し訳ございません」

米搗飛蝗《こめつきばった》のようにペコリ、ペコリと頭を下げ続けた。

よくぞ無傷のままで……。

「道路に飛び出さないでね」

英司を抱きしめて、言ってみる。

「道路に飛び出さないでね、道路に飛び出さないでね」

なぜか英司の言葉が空《うつ》ろに響く、英司は一体、どんなふうにあの自動車道路を横断したのであろうか。五体に、にわかに恐怖が走る。

たかが週に一度の教会さえ、命がけでなければならないとは。幼稚園は無理だとの診断、または判定された理由の一つを今自ら確認することになろうとは、考えてもみないことであった。

惨めな敗北感があった。


「おばさん、早く退《の》いてよ」

気がつくと、自動車の鼻先が私の目すれすれにある。マンホールにへばりついた英司を引っぱがしそこねて、そこにうずくまってしまったのだ。

危機一髪、という言葉の実感。声も出せず英司を引きずって道路の端へ。

「おばさん、気をつけな」

それは労《いたわ》るような優しい声音であった。お若いのによくできたお方だ。私は見知らぬ青年の自動車に深く頭を下げた。

日曜学校の帰りは、いつも英司の好むように歩いた。多少の危険はいたしかたのないことである。危険を危険として認識できない感覚音痴になってしまっては、かえって事故のもとかも知れない。
ある程度の覚悟があってのこととはいえ、英司の行動は私の覚悟をはるかに超えていた。
英司は踏切りが好きである。教会の帰りには、二つの踏切りをあっちに行って渡り、こっちに来て渡り、飽きもせず「チンカン」の音を追った。
「ストップ、ストップ、飛び出したら危いのよ」
英司の手を決して離さず、踏切り横断中もチンカンを見る時も、英司の耳にそっと言いきかせたが、彼はいつもうわの空の「おおむ返し」をするのみ。果たして踏切りの正しい横断、また危険を認識するようになるかどうか見当はつかなかったが、彼はこの踏切りの学習を心から喜んでいた。
ある日、踏切り横断中に警報器が鳴り出した。英司は急にそこへ座りこんで動かなくなってしまった。力づくで英司を引きずってやっとの思いで踏切りの外へ辿り着いた。ほっとする私の手を振り放して、英司はいきなり列車の迫った踏切りへ飛びこんで行った。
激しい警笛とともに、轟音をあげて電車が通過する。
神さまーッ、神さまーッ、神さまーッ
私は絶叫した。背中の実穂がびくっと体をふるわせ、悲鳴をあげて泣き出す。
上り列車とすれ違いに、下り列車が通過する。
神さまーッ、神さまーッ、神さまーッ
地獄が目の前にあった。私は地獄を見極める力を失っていた。目を閉じた。
英司を殺さないでーッ
英司を見殺しにしないで
神さまーッ
助けてえーッ
魔の数秒が過ぎ、警報が鳴り止んだ。目を開くと、英司は踏切りの中の線路と線路の間の空間の中で、何事もなかったようにぴょんぴょんと跳躍をしている。

神さまありがとうございます。

神さまありがとうございます。

私は念仏のように、心にこの言葉を繰り返した。間近に通過する電車の風圧から、英司の小さな体を守られたのは神さまにちがいない、と私は素直にそう思った。

私の五体は力を失い、しかもすぐには足も動かない。ギコギコときしむ足で、英司に近付き抱き寄せる。英司は私の胸の中で、まだ、はずみのついた動きを伝える。

声も出せず、ギコリ、ギコリと歩いて家路についた。電車と電車の間から、生きた英司を取り戻すことはできたものの、あの時の恐怖はなかなか私から去らなかった。

生きている英司を抱くこの生命熱く脈打つおろそかならず
英司を拒絶した教会の女性の言葉を、私は思い出していた。

「教会においでになる意味がありません」

それは、私ども親子のような者を、多く見て来た経験から出た結論であったのかも知れない。必死で助けを求めて教会にやって来る、だが、やがて、自分で自分の求めていたものがなんであったのか、わからなくなる。

ちょうど、この私のように。

「命がけで日曜学校に通わせるだけの価値が、どこにあるのだろうか」

「教会に通っても、何も良いことは起こらない」

教会に助けを求めた時よりも、もっと深い失意と絶望とが私にあった。今の私のような失意を抱いて、黙って教会を立ち去ったかも知れない人々を思った。教会を去るべきか否か、私は苦悩した。受け容れられようと、拒否されようと、問題は教会にはなく、英司の側にあることの痛手は、もはや自ら慰めようがなかった。

「手を上げて、横断歩道を渡りましょう」

夫は私の苦悩には関わりもなく、「横断中」の旗をどこからか手に入れて来て、英司とあそんでいる。

「手を上げて、横断歩道を渡りましょう、手を上げて横断歩道を渡りましょう、キャブ、キャブー、キャブー」

キャブー、キャブーは

「ただいま、横断中。歩いて渡って行きます」

というほどの意味である。

「英司は自動車や電車の危いこと、いつかわかるようになるかしらねえ」

「下手な鉄砲も数打ちゃ当たる。石の上にも三年と言いますからねえ、なんとかなるんじゃないの」

のんびりした夫の言葉に、反発する気にもなれなかった。

「何回も何回も体験して、体で覚えさせるしか方法はないよねえ」

「そうだ、そうだ、お母さんは偉いよ。三年やってみて、駄目なら、その時になってから止めてもよいことです」

「仕方ない。日曜学校、止めないよ。日曜学校も、三年通ってみて、への役にも立たんのがわかったら止めるわ」

これからの人生は、みな英司にあたえてしまおうと私は密かに決意した。自分の好むことをせず、時間も物も、あたえ得る限りはあたえ尽くして生きてみよう。

例え英司に、なんの改善も見られず、良いことは何一つ起こらないとしても、あたえ惜しみ、成し惜しむことがあってはならない、と思う。

いつか私が、私自身を許せなくなる時が来るとしたら、恐ろしいことである。

英司、語る・・・・・・・・・・・

ぼくはね、日曜学校が嫌いだったんじゃないのよ。

自動車に興味があったのよ。ぼくが飛び出して行くと、自動車は自動的に止まるんですね。そしたらさ、ぼくの歩く道ができるんですね。

ぼくはそれが面白かったんですよ。

踏切りはね、ぼくは小さくて危険なのがわからなかったんですね。危険なのがわからないから、全然怖くなかったんですよ。踏切りの中の電車の音に、ぼくは興味があったんですね。

踏切りの外と内側では、ちがいがあるわけでしょう。

踏切りの中ではね、電車が通過する時警報機の音が消えてしまいますね。

インディアン橋の山の上から踏切りの警報機の音が聞こえるでしょう。それなのに、踏切りの中では警報機の音が消えてしまうんですよ。

近くても消えてしまい、遠くても聞こえるんですね。

ぼくはそれが気になっていました。

星川の踏切りでは、近づいてきた電車は音を消して静かに通過しましたよ。

警報機もね、電車が通過にかかると音を消して、赤信号だけが点滅し続けていましたね。

国鉄と私鉄ではいろいろちがいがありますねえ。

マンホールのうた

四歳九カ月

　数年前、自閉傾向だという一人の少女と知り合ったことがある。少女は、胃の動き、腸の動き、また排泄について関心があるようであった。

「何を食べた？」

「お菓子よ」

「お菓子、どこへ行った」

「どこでしょうねえ」

「胃に行った？」

　私はあわてて胃のあたりを押さえてみる。

「腸に行った？　それからお便所、うんち、汚い？」

　少女は私の手をとって、自分の腹に当てた。

「どうなってる、どうなってる？」

　少女は真剣な顔つきで言う。

「どうなってるかな、教えてよ」

「腸が動いてる。腸が動いてる。まだウンチになっておらん」

　私は感心して頷く。少女は満足気であった。

「螺旋《らせん》階段、どうして曲がったの」

　少女は遠くのビルの螺旋階段を指さす。

「やだ、どうして曲がったのかしら」

　つい、つられて首を傾《かし》げてしまう。

「腸みたい、腸みたい？」

「そうだ腸みたいだ。ほんと、腸みたい」

　少女の形容に驚いてしまう。

「T先生が屁こいて曲げたんだって、T先生が屁こくと螺旋階段が腸になる。おかしい？」

「おかしいよ。やだね、屁で曲げたの？」

眼に見ることのできない物の動きに、熱心に注意を向けるさまは、英司にも共通のものがある。無論、私も見えない世界を見たいという心理をいくらかは持ってはいる。

英司は生後一カ月、まだ乳児のころから、「排泄」に対して強い反応を示した。大小便ともに、シャックリを始めてなかなか止まなかったり、泣き出して長く泣き続けたりした。それでも「おむつ」を取り替えることで、やがては長泣きをすることも少なくなっていった。

だが、突然的に起こる、あの「音」の出る方は始末に負えなかった。

赤ん坊のくせに一人前の奴を扱《こ》き放って、ぶるっと身震いし「ギャー、ギャー」と泣き出す。そんな泣き出し方であってみれば、自分でも自分の声に驚くらしく、次第に恐怖の表情さえ見せて泣き続ける。

抱きあげても体を強《こわ》ばらせて、まるで抱きあげられた意識がないように泣き止まない。おかしな話であるが、夜中といわず昼間といわず、英司が突然泣き出して、長く泣き続ける訳は、こんなあたりにあったのかも知れない。

このような特徴を持つ赤ん坊であった英司は、十カ月で夜の「おむつ」が不要になり、十四カ月で昼間も「おむつ」を使わなくなった。

六カ月で這い、八カ月で立ち、十カ月で歩き、十四カ月で「おむつ」がとれ、しかも英司は健康優良児であった。他の赤ん坊を凌ぐ骨格、肉付きは、いつも私を慰めた。

私は英司のすべてに満足していた。

おむつを使わなくなった英司の、排泄のしつけが始められた。英司はアヒル型のベビー用の「おまる」を好まず、どうしても座らない。それがためにたびたび便秘を起こすこととなってしまった。

紙縒《かみより》で刺激して、排便させ続けた。便所ではようやく小用を足すに耐えるようになったが、これも拒絶し始めた。

　体をのけ反らせて、なんとしても入るまいと抵抗し泣きわめく。放っておけば英司は、ピタピタと素足で屋外に放尿に行ってしまう。

　アパートの前の側溝のひと所、丁度英司の目の高さから下水が流れ落ちている場所があるのだが、英司は必ずそこまで行き、悠々と小便小僧になる。

　ある朝、拭き掃除のため、水を汲み入れて置いたポリバケツに、陽気な音が響き渡った。

　英司が落ち着きはらって、そこへ湯気の出るものを注ぎ足している。以来、そのポリバケツは、一年以上も英司の便器として愛用された。

　二歳十一カ月で横浜へ居を移してからも、英司は例のポリバケツを便器として使い続けた。新しい住居の便所は汲み取り式ではなく、水洗で洋式である。ペンキの匂いのほかは不浄の匂いなど全然ないのだが、英司はどうも、この狭い場所を好まなかった。

「飯喰って糞をたれるなど、しつけのうちじゃないでしょうが。放っておけば覚えるもんです」

　夫は悠然としてこう言う。

「それがねえ、うまくいかないのよ」

　私は便所の印象を、少し変えてみることにした。扉は常に開放したままにし、扉にも壁にも、英司の好きなカレンダーを貼り、小さな本棚を設け、絵本の他に鉛筆立て、灰皿、花瓶など、あれやこれやと持ちこんで、英司がぶらりとあそびに立ち寄れる場所、という感じにした。

　数カ月後、英司は突然この狭い場所の愛用者となった。今度は入ったきりなかなか出て来ない。水洗のバルブを押しては、盛り上がってたちまち吸い込まれてゆく水の様子を、じっと見つめるようになった。

　やがてトイレットペーパーを便器に直結して、手操り入れてはガボーッ、ガボーッと流し、じっと耳を澄ましている。彼の顔は一瞬、深遠、神秘的ともいえる表情をする。

　さらに数カ月後、さすがの英司も便所あそびには飽きたようであった。英司は水洗のバルブを力一杯押して、外へ駆け出して行くようになった。どうやら何か、新しい発見があったようだ。
　二、三回、水洗のバルブを続けて押した後、外へ飛び出して、窓のすぐ下のマンホールの上に立ち、じっと耳を澄ましている。
　そのうち、マンホールの上にしゃがみこむだけでは飽き足らぬのか、遂にマンホールの楕円型の穴に耳に当てて、中の物音に聞き耳をたてるようになった。ここにも新しい発見はあったようだ。

　もはや、水洗バルブを開いては駆け出していくということはなくなった。彼は、マンホールそのものがすでに「音」を持っていることを知ったのである。

　さらに数カ月後、英司は団地中（千二百世帯、中層コンクリート住宅）のマンホールの所在を探し歩くことに熱中し始めた。

　世帯数から推して、マンホールの数はかなりの数にのぼるのだが、英司は実に正確にそれらを探し当てた。

　雑木林の中のもの、雑草におおわれたもの、すべては丹念に英司によって見いだされていった。雨が降ろうと風が吹こうと、英司は気の向くままにマンホール探訪を繰り返した。

「ボク、よく聞きなさい、あんなことしていると頭がバカになるんですよ」

　突然冴《さ》えざえとした女性の声である。振り返ると小さい男児の手を引いた美しい女性が、傍を行き過ぎようとしていた。私と目が合うと一瞬、敵意に似た非難の色を浮かべた。

　私はその親子に背を向けて、マンホールの上に膝をついた。

「英、母さんにも聞かせてね」

英司の姿勢を見習って、マンホールの穴に耳を近づける。

「サントリー、サントリー」

英司がぴょん、ぴょんはねながら叫ぶ。私の耳にも明らかにマンホールは、「サントリー、サントリー」と歌っている。

「サントリー、サントリー、サントリーレッド」

英司の声に合わせて歌いながら、何故か涙がこぼれていた。あんな小さな恥辱にもこらえ性を失い、傷ついている自分が情けないと思った。

せめて英司の世界を積極的に共感し、そこから何かを見いだしてゆきたいと、いつからか決意してはいたのだが、

「果たしてこれでよいのか。私は間違ってはいないだろうか」

この問いが、今受けたばかりの小さな傷口をえぐるように、私に詰め寄るのを感じた。

英司は、私の心の葛藤《かっとう》などには関わりもなく、全身を「ばね」にして跳躍を続けている。

「サントリー、サントリー、サントリーレッド」

マンホールの歌を繰り返しながら、暗澹《あんたん》として視界ゼロの明日を思った。いつか英司は、今のこの母の涙、また苦悩を知る日が来るであろうか。

「英司が喜んでりゃ、それでいいんです」

夫の言葉だけがわずかに私の心を支えた。

「今日もマンホール？　あなた偉いよ。勇気があるよ。いくらさ、子供のためだからと言ってもさ、雨の日ぐらいは我慢させるくらいのしつけぐらいできるんじゃない、ちょっとさあ、普通の人とかけ離れてるわよ、あなたは」

「マンホールの音はねえ、晴天の時と雨の時とでは全然音がちがっているわけよ。だから簡単に止めさせるわけにもゆかなくて」

何か責められているような気になる。

「まあ頑張りなさいよ」

その人はあきれたように言い、曖昧な笑いを残して行ってしまった。


「ビュワーン、ビュワーン、ビュワーン」

マンホールから身を起こした英司が、ぴょんぴょん飛びを始める。私はあわててマンホールの穴に耳を近づける。なるほど聞こえる。それは確かに「超特急の唄」だ。

「ビュワーン、ビュワーン」の部分によく似ている。

「青い光の超特急
時速二百五十キロ」

私は腹這いのまま歌う。英司は思いきりぴょーん、ぴょーんと飛び上がる。

「超特急、超特急、キャブー、キャブー」

超特急が走ってるよ、超特急が走ってるよ。

英司の喜びが、正しい言葉となって伝わってくる。マンホールの底の正体が、「超特急」ならぬ、汚物、汚水の通り道だなど、少しも知らぬ気に、英司は太陽の光をまともに仰ぎ跳躍し続ける。

「あんた、本当に偉いよ」

私を「偉い」という人は、いくらでもいるものだ。

「私なんかさ、もしもよ、自分におかしい子が生まれたら、きっと生きていないよ。その子を殺して死ぬよ。とても恥ずかしくて、生きていけないと思うよ」

その顔は善意に満ちて優しく、そこはかとなく知性の匂う感じである。なるほど、「おかしい子」を恥じとして「死ぬ」に価する、と思わせるものがあった。

（私なんかさ、よしんばおかしい子に相応《ふさわ》しくないすごい才女だったとしても、子供と自分の二人を殺す鬼の殺人者になんか、絶対なれないよ。おかしい子を殺したんだから、といって、天国の門で情状酌量してくれるかどうかわからないでしょ。死んだ先まで地獄じゃいやだもん）

黙って視線を自分の足もとにあそばせていると、さすがにその女性はうろたえてしまたらしい。

「おかしい子、なんて言ったってさ、どうせお宅の子わからないんでしょ」

「私も、なんの、わからないよ」

私は真面目な顔をして女性を見返した。女性は、ドキッとしたような顔をして立ち去った。

「コエダメ、コエダメ、コエダメ」

英司が顔をくちゃくちゃにひんまげて、マンホールに耳をつけていた姿勢から立ち上がる。私はおそるおそるマンホールの穴に、鼻を近づけてみる。

「わあー、こりゃたまらん」

英司が私の反応を見て、声を立てて笑う。もはや「超特急」のことなど忘れ果てたのであろうか。それとも新しい発見がうれしいのであろうか。

「コエダメ、コエダメ、キャブ、キャブ、キャブ」

英司は笑い、節をつけて歌う。

「キャブ」は、

「流れる」「行く」「捨てる」

などの意味があるようだ。英司は、それまでマンホールの持つ音にのみ興味があったが、この時、初めてマンホールの「匂い」に気付いたようだ。彼が「コエダメ」と言うからには、もはやマンホールの底の正体については、すべて理解したのであろう。

マンホールの「音」や「汚物」の流れを、二年近くもかけて探求してきたことへの悲哀が、心を噛む。言い知れぬ空しさがあった。

こんなことでどうなる。空しさは自責の思いとなった。心しなえたまま、次のマンホールへ移動した。

マンホールの上に刻まれた文字を指でなぞり、読んで見せる。

「雨、雨、雨、雨、雨、雨」

英司は夥《おびただ》しく「雨」と叫びながら走り出す。次のマンホールでも、私は文字をなぞりなぞり読んでやる。

「○住、○住、○住……」

次のマンホールに行き着くまで、英司は叫び続ける。

「汚、汚、汚、汚……」

「YWW、YWW、YWW」

英司はただ、私の前を駆けて行く、と私は思っていた。だが、英司は、文字のないマンホールは踏み越えて見向きもせず、文字のあるマンホールからマンホールへと走っていたのであった。マンホール探訪も決して無駄ではなかった。私はうれしかった。うれしくて涙があふれた。私は鼻汁をすすりあげながら、英司の後を追って走った。

これまで「月桂冠」「神聖」など指になぞり、何度も読んで見せた。だが英司は、こっちで期待したほどの反応を見せなかった。そんな英司が、今ははっきりと自分の意思で、マンホールの文字から文字へと駆けている。私は英司の明日に薄明を見た気がした。


英司、語る…………………

ぼくはねぇ、マンホールが特別に好きだったわけじゃないのよ。マンホールがさ、土の底でどんなつながり方をしているのか興味があったわけなの。マンホールは土の底で、地図を作ってるわけでしょう。ぼくはね、マンホールの音は地図を描く音だと思ったのよ。

ボクはね、マンホールが、「サントリー」とか「超特急」とか歌っているな、と感じた時、夢を見ているような気持ちになったんですよ。楽しかったですね。それからね、マンホールの上に書いてあった漢字はね、ぼくはお母さんが読んでくれるずっと前から覚えておいたんですよ。読み方がわかってうれしかったです。

「ハバッ、バブ」

五歳前後のこと

先日、友人の車に便乗して、神奈川県立こども医療センターに行った。実に六年振りのことである。長い間私が重病にあったこともあり、心ならずも疎遠となっていた。

県道をそれて、桜並木の坂を車は登る。やがて、葉を落とし尽くして、とげとげしい姿となったニセアカシアの木が、驚くほどの成長を見せて右手に見えてくる。

「懐かしいねぇ」

英司はしきりに懐かしいと言い、実穂も頷く。

「田野先生、会って下さるかしらねえ」

私はつい弱気になってしまう。

「会えなかったら、地下の食堂でカレー食べて帰ろう」

英司は慰め顔に言う。

「大丈夫じゃない。回診に行く時とか、帰る時とか、ちょっとだけ先生の顔みれば、英司君だって気が済むんじゃない」

友人は多少楽観視しているようであった。

田野先生は、こども医療センター精神科の要職についておられ、特に「自閉症児・自閉傾向児」に対して特別の働きをしておられた。

英司の就学に際しても、県・市両教育委員の先生方とともに、特に一日を設けられ観察・判定の労をとって下さった。「自閉症児、自閉傾向児」に対しての並々ならぬ熱情をもたれて、当時発足して間もなかった「神奈川県自閉症児親の会」のためにも多大のご尽力を下さった。

英司は田野先生が好きであった。定められた日などは無視して、突発的に会いに走ったものである。英司の面会強要を不快とせず、一度も拒まれることなく、いつも穏やかに迎えて下さる先生であった。

だがなんといっても、六年も昔にそうした関わりが途絶えていたのだ。恐らく、田野先生は、英司のことを覚えておいでにならないであろう。よしんば覚えておられても、お会い下さるかどうか不安であった。

友人は、田野先生の外来受付まで案内してくれた。

受付の看護婦さんは、私達の突然の訪問に驚きの表情ひとつせず、むしろ英司の方に優しくほほ笑みかけた。

「そろそろ回診の時間ですから、もうすぐそこのエレベーターから下りて来られますよ」

その言葉が終わるか終わらないうちに、受付のすぐ横手のエレベーターから田野先生が出て来られた。先生は頭を下げる私達を、初対面の時の表情で見返しておられる。

「先生、そこのボクが小さい時に、先生にお世話になったそうですよ」

看護婦さんはなぜか、いたずらっぽく笑っている。田野先生は、しげしげと英司をご覧になっている。

「誰だろう。覚えていないな。思い出せないよ。君はぼくを知っているの」

「田野先生です」

英司は、田野先生の眼をじっとみつめて答える。

「君は間違いなくぼくを知っているね。君一体誰？　どうしても思い出せない」

「真行寺です、真行寺英司です」

「エーッ、君があの真行寺君？　本当に真行寺君なの？」

先生は飛びあがらんばかりに驚かれた。

「ちょっと顔をよく見せてよ。本当に真行寺君なのか、信じられない気がするよ。随分大きくなったね」

小柄な先生は、大柄な英司を見あげるようにして、にこにこしておられる。六年前と少しも変わらぬ優しさである。

「顔を見ても思い出せないけど、真行寺君のことはよく覚えているよ。止《し》水線の止《し》を覚えて、横断歩道の〝止《と》まれ〟を〝止《し》まれ〟と読んだんだよね」

先生との数分の四方山《よもやま》話は英司の心を満たし、私の心を慰め、そして、実穂の心に郷愁を呼び起こした。

「ここへも時々おいでなさい」

田野先生は、無類の優しさを見せて英司の手を握る。英司はしばらく先生の手を離さず、眼を打ちこんで先生の眼を見つめる。

私達は、帰りにあの桜並木の坂道を歩いて下った。

枯葉が思わぬ早さで私達の足もとを飛び、投げ捨てられてあった空缶が、不意にけたたましい音を立てて吹き転がされてゆく。木枯しの沁みる午後であったが、私達は田野先生の優しさを反芻《はんすう》しながら歩いた。

田野先生がおっしゃったように、ある時期、英司は「止《と》まれ」を「止《し》まれ」と読むこともふくめて、文字という文字を読みたがること猛烈であった。

マンホールのすぐ横にあった石杭《いしくい》ごとの文字、

「止水栓」

「消火栓」

「排水栓」

「空気弁」

「空気抜弁」

「排泥弁」

などをよく読んだ。マンホール探訪の際、見覚えていたもののようであった。

もはや英司は、マンホールの「音」を執拗に追うということはなくなって、屋外の至るところに点在する文字を、片っぱしから読みたがるようになった。

「金木せい」

「山茶花」

「しらかし」

「大むらさきつつじ」

「きょうちくとう」

「はこねひば」

「冬青木」

団地中の植木の名を読み、駐車場のナンバープレートを読み、お墓の戒名を読みたがった。ひとつ、ひとつ指になぞり読む私の指先を、じっと注視するようにもなった。

「バブ、バブ、バブ」

「読みたい、知りたい、読んでくれ」

というほどの意味で、英司はこの三つの「バブ」を用いた。こっちの言うことに対しては「おおむ返し」で応え、自分の要求を、三つの「バブ」を用いて表すことができるようになってからは、英司自身も、みずから家族の一員としての自分の位置が、いくらか認識できるようであったが、まだ自分の名を呼ばれて、「ハイ」という返事をすることも振り返ることもなかった。

家族の呼び名を用いて、物を持って行かせるなどの作業を、時折りやるにはやったが、ほとんど自覚なしにやっているようにも見えた。

家族の呼び名は「実いちゃん」のほか、自覚して呼ぶことはほとんどなかった。しかし、バブであろうとおおむ返しであろうと、有り合わせの言葉でどうにか間に合うようになっただけでも、有難いことであった。

英司の読みたい、知りたいという欲求は、ある夜、夫の盆栽の写真集に向けられた。緑の表紙の堅牢で分厚いこの写真集は、たちまち英司の所有となってしまった。

毎夜々々、この盆栽の本を布団に持ちこみ、「錦松」「黒松」「赤松」「五葉松」「八ッ房五葉松」「真柏」「杜松」「八ッ房蝦夷松」などを、駅の構内放送に似て読みあげる。

昼間は外を駆けまわって読んで来る。

「シマレ、シマレ、横断歩道」

「英、シマレに行くのよ、横断歩道に行くのよ」

英司は先立って飛び出して行く。

よくこっちの言い分が通じるようになったものだと思う。

団地内に新しい横断歩道が一つ設けられてあって、それに隣接して道路の表面に白く、

「止まれ」

と大書してある。今できあがったばかりのようである。交通係の人達が後片付けをしている

「これはね、止《し》まれではなく、止《と》まれ、ストップ、のことなの」

英司がげらげら笑い出す。自分が感違いしていたことがわかったのであろうか。

「止《し》まれ、止《と》まれ、止《し》まれ、止《と》まれ」

彼はとめどなく笑う。英司は、平仮名も読めるのであろうか。これまでに読んだ文字は、ほとんどが漢字が中心であった。とすれば、平仮名をどうして読めるようになったのであろうか。

五十音の文字板、あるいは便所に貼ってある五十音表で、読み方をおぼえたのであろうか、英司がしばらく手にしなくなっていた文字板を、物置から探し出してみた。

天地間違いなく、「あいうえお」順にきれいに並べている。が、よく見ると、「へ」と「こ」が別の所に投げ出されている。

「あいうえお、かきくけこ」

声に出して読んでやる。

「かきくけこ」

当然のことであるが、「こ」の場所は空っぽである。

「かきくけこ」

もう一度読んでみる。英司の手がひょいと動いて、「あいうえお」の「い」をつまみ出して、「こ」の場所へ横にして置く。

「はひふへほ」

「へ」の場所が空っぽなのを見てとり、読んでみる。英司は待ちかまえていたように速やかに、「かきくけこ」の「く」をつまみあげて、「はひふへほ」の「へ」の場所に横にして置く。

結局英司は「へ」と「こ」は「く」と「い」の役を兼用するので、二組は必要がないということらしい。

英司の動作で、五十音はほとんど読めるようだと私は判断した。

「ハバツ、バブ、ハバツバブ」

英司が例の疑問符を持ってやって来た。疑問符の方はわかるが「ハバツ」がわからない。

「ハバツ」は言葉であろうか。

「英ちゃん、ハバツってなあに？」

「英ちゃん、ハバツってなあに」

今度はおおむ返しだ。しかも私の問いが全然通じていないらしい。

「困るよ、困ったね」

「困るよ、困ったね」

「困っているのは、母さんの方よ」

「困っているのは、母さんの方よ」

どうもうまくゆかない。

「ハバツ行くの」

「ハバツ行くの」

あれもこれもおおむ返しばかりで、なんの進展もなし、私は次第に焦り始める。

「ハバツ」をわかってやらない限り、親の威信にかかわる。英司も焦り始める。

「ハバツ、バブ、ハバツ、バブ」

広くもない部屋から部屋へ、「ハバツ」を探し歩く。英司は元の場所でわめき続けている。

「ハバツバブはどこかな、ハバツバブはどこかな」

実穂が駆けて来て、整理箪笥を指さす。

「ビチバチブー、ビチバチブー」

なんという宇宙語か、実穂までが妙てけれんな言葉を使う。実穂の指さす整理箪笥を見る。二、三日前に、「父さん」「母さん」「英司」「実いちゃん」「長下着」「下着」などと書き入れたテープを貼ったのであった。

実穂は緑、黄色、赤、白のテープを、どれともなく指さしている。

「これかな、これかな？」

実穂に向かって、一つ一つ順番に指さしてみる。

「ビチバチブー、ビチバチブー」

「なんだ実穂もよくわからないの？」

「ビチバチブー」

「まさか、父さん、じゃないよね」

私は箪笥の一番の文字に眼をとめてギョッとなる。「父」は「ハ」「×《バツ》」と読めるのだ。緑のテープの「父さん」という文字に、英司の指を当てがって言ってみる。

「ハバツ、バブ？」

「ハバツ、バブ、ハバツ、バブ」

英司はぴょんぴょんはねて笑っている。

「これはね、父さん、と読むのよ。パパのことです」

「父さんパパ、父さんパパ、父さんパパ」

英司は自分の欲求が満たされたうれしさを確認するように、「父さんパパ」と繰り返す。

実穂も英司に合わせて、「父さんパパ」と叫び始める。

「どうも二人一緒に言うと、父さんバカと聞こえるねえ」

思わず洩らすひとり言を、実穂はすばやく聞き止めていた。

「父たんバカ、父たんバカ」

「父さんバカ、父さんバカ」

二人そろってしばらくは「父さんバカ」の大合唱である。二人が合唱を止めた時、私は英司の手をとった。

「母《かあ》さん、おっ母《かあ》、母さん、おっ母」

文字をなぞらせた指を私の鼻に持って来て、「おっ母」と言ってみせる。

「母さん、鼻、母さん、鼻」

英司は大真面目に応じる。いつもは「おおむ返し」のくせに。実穂が横で笑い出す。

「母たんおっ母、母たん、お母」

実穂は私のやった通りを繰り返す。

「これは、母たん、ビチバチブー」


実穂は私の腹のあたりを指さす。

私は再び英司の手をとる。

「実いちゃん、実穂、実いちゃん、実穂」

箪笥の文字を指になぞらせ、実穂の腹に指を当てさせてみる。

「実いちゃん、おへそ、実いちゃん、おへそ」

英司は真剣な顔をして応答している。何か教えようとするのは、まだ無理のようだ。

その夜英司は初めて「父さん」と言い、「パパ」と呼んだ。

「パパ夕刊ですよ、父さん夕刊ですよ」

英司を伴って夫の部屋に行った。

「パパ夕刊ですよ、父さん夕刊ですよ」

英司はともかく私の言ったままを言い、夫に夕刊を差し出す。

夫は向こう向きのまま、何事もなかったように夕刊を受け取った。

「はいよ、ごくろうさん」

夫の唯一の応答である。無神経、石仏。英司が初めて「パパ夕刊ですよ」と言っているのに気付いてくれない。

おかげで英司は、翌日から新聞を持って行くたびに、

「はいよ、ごくろうさん」

などと言うようになってしまった。


「ハタハタバブ、ハタハタバブ」

英司の無理難題が始まる。

「旗ならあるでしょう」

英司はひところ旗に凝っていた。探せば何本かあるはずである。物置から二本ばかり探し出す。

「ハタハタバブ」

どうもこの旗ではないらしい。英司の語調がそれを物語っている。私は割箸で小さい旗を二本作って英司に渡す。実穂も旗が要ると言う。実穂の旗をもう二本作る。


英司も実穂もこの小さい旗が気に入っていろいろに振りまわしてあそぶ。英司はあの「ハタハタバブー」を忘れたようだ。ヤレヤレ。


そうしたある日、私の一家は鎌倉方面へ散策に出かけた。特にコースもきめず、足の向くまま英司を先立てて歩いた。山寺の門を入って裏山へ抜けたり、思わぬところで谷川を越えたり、ひょっこり銭洗い弁天に出てきたりした。

英司はとある屋敷の一角に駆けて行って、立ち止った。

「ハタハタバブ、ハタハタバブ」

英司が叫ぶ。英司の視線の行き着くところに「某家通用門」と書かれた札がある。

「これかな、これかな、これかな?」

英司は私の指を見ているものの、「ハタハタバブ」のほかは言わない。

「通用門」

最後に正しく読んでやりながら、思わずハッとする。「門」一文字を改めて指さしてみる。

「ハタハタバブ?」

「ハタハタバブ」

旗二本で「門」がまえとは。

ともあれ英司の漢字の読みは、遠まわりすることが多かった。聞きわけてやれないことが多かったと思う。

町田↓ タテイタ。田んぼの田、アルファベットのT、田んぼの田
新↓ タテモククテイ。立《たて》場の立。木曜日の木。平仮名のく。アルファベットのT。

聞↓ モンジ。門がまえの門。耳《じ》鼻科の耳《じ》
足↓ ハコトヒト。図型の箱、片仮名のト、人の人。

林↓ モクモク。木曜日の木二つ。

思い出すままに幾つかを書いてみたが、英司は文字によって「自分」「父」「母」「妹」と、その関係を認識し始め、やがて確認していったようである。

英司が珍しく昼寝をしていた。私は実穂だけを連れて、マーケットへ出かけた。

英司が目を覚ます頃には、帰り着いているはずである。眠っている英司を家に残して鍵を下ろす私を、実穂はとがめるような眼をしてじっと見あげた。

「英君。よく眠っているから、大丈夫よ」

実穂と二人だけで手をつないで歩くのは、初めてである。無論、眠っている英司を家に残して出てきたのも初めてである。実穂は折角二人で出てきたのに、英司が一緒でないとまるで落ち着かないようだ。

家を出て十四、五分後には、私達はパンの紙袋を持って、もうマーケットを出て帰りの坂道にかかっていた。ぶらぶらと上って行く欅《けやき》並木の行く

手から、矢のような速さで駆け下って来る英司の姿があった。英司は私を認めると、猪のように頭から突っこんで来た。

「おっ母よ、おっ母よ、おっ母よ、わわわわわわー」

なんという激しい泣き方であろうか。行き交う人々の視線を一身に集めて、英司は大声で泣き出した。

私の腰にしがみつき、体を震わせて泣き続ける。実穂が白い眼で私を見ている。明らかに責めている眼である。

「英君よしよし、英君よしよし」

実穂はけん命に背のびをして、英司の頭を撫《な》でてやろうとする。素足で飛んで来た英司を背負い、欅並木の坂道をよろめきながら家に向かった。英司は私の背中に顔を押しつけながら、泣きじゃくりをしている。

「おっ母よ、おっ母よ、おっ母よ」


英司は初めて、自覚して私を「おっ母」と呼んだ。彼は私を彼の母として確認したのである。この子の母としての辞令を受け取り、今日新たに「母なる」任務に着任したようなうれしさが、心にあふれた。

英司、語る…………………

一番最初に漢字を覚えましたね。神聖、月桂冠、黄桜など、酒の空瓶でしたね。それからマンホールの字、それから石杭《くい》とか立札、それから食品名とか駅の名前。
漢字はいろんなつながり方をしているでしょう。面白かったですね。
毎日新聞の日は日曜日の日
月桂冠の月は月曜日の月
消火栓の火は火曜日の火

制水弁の水は水曜日の水
木せいの木は木曜日の木
金太郎の金は金曜日の金
土星の土は土曜日の土
松は木ハム。竹はケケ。梅は木毎《もくまい》。桂は木土土。
学はツワ子。校は木六×《きろくばつ》。門はハタハタ。

「買う、要る」

五歳二カ月

マル米味《み》噌《そ》のＣＭ坊やが、いつの間にか新しくなっている。相変わらずくりくり坊主がかわいく、二人揃っているのも二人分の動きが楽しめて良いものだ。

英司がマル米味噌に凝《こ》っていた頃、ＣＭ君はどんな坊やであったのであろうか。

「珍念スタイルじゃない」

英司の記憶もはっきりしない。実穂に到ってはもっとひどい。

「そんなのあったの？」

私の覚えているのは、英司がマル米味噌を初めて買った日のことである。

マーケットに着くや英司は、マル米味噌をかかえて来た。

「マル米味噌ね。買う？　要る？」

私の言葉の使い方が悪かったようである。

「マル米味噌買う要る」

「キッコーマン買う要る」

「雪印バター買う要る」

「ＱＢＢチーズ買う要る」

「アーモンドチョコレート買う要る」

「ミツカン酢買う要る」

「紀文のハンペン買う要る」

「ハウスプリン買う要る」

ＣＭで知る商品は片っぱしから篭に放りこむ。どれも腐る物じゃない。好きに買わせてやる。が、問題は食べる方にあった。

「マル米味噌食べる要る」

「はいよ、今味噌汁を作って上げよう」

「マル米味噌食べる要る」

「待ってな、今味噌汁を作って上げるから」

「マル米味噌食べる要る。今にマル米味噌食べる要る」

やがて英司は、しくしくと泣き出す。

「お母さん、どうして英君を泣かすんですか、また意地悪をしたんでしょう」

夫は自分の部屋から出て来て、泣いている英司を抱き寄せる。いつでも良いかっこばっかりしたがる。

「意地悪なんかしていませんよ。マル米味噌を食べたいんだって」

「簡単でしょう、食べさせてあげなさい」

「だからさあ、今味噌汁作っているんですよ」

「お母さん、味噌を食べるにもひと工夫。知恵は生きているうちに使うものです」

夫は、あのむくつけき双手を水でじゃぼじゃぼと洗って、赤ん坊の頭ほどもある「おむすび」を握った。それにマル米味噌をたっぷりとなすりつけて英司に渡す。英司は、舌でペロリとひとなめすると、パクッ、うむうむ、ゴクン、パクッ、うむうむ、ゴクンと、ものすごい勢いで食べている。

「英君、朝からなんにも食べさせてもらってなかったんでしょ」

夫は冗談のつもりで言ったようである。

「ええそうよ、私しゃ意地悪で、朝から子供に物食べさせない鬼の親よ。ままおやの方がよっぽどようござんしょ」

「何もお前、そんな本気で怒ることなんかないでしょう」

「怒りまえよ、私しゃ知恵がないもんで、怒るのがたった一つの楽しみですからね」

夫は憮然として、卓の上に積み重ねられている食パンの額縁を見ている。額縁型に耳を残して食べたのは英司である。

「英君、そう言えば、このパンみんな英君の食べたあとだね」

「何よ今さら」

夫がやすやすと英司にマル米味噌を食べさせてしまったことに私は内心快く思っていず、八ツ当たりをしていたのだ。


「英君、味噌汁ができましたよ」

英司はおむすびを食べ終えている。

「ストロ要る、ストロ要る」

味噌汁を前に、英司はストローが要ると言う。ストローを渡すと、英司は味噌汁に突っこんで「ガボカボ」と吹く。たちまちに卓は味噌汁の洪水である。

「英ッ、汚いことして!!」

私は汁椀を取り上げて英司を睨《にら》む。

「味噌汁、英の物、味噌汁、英の物」

「ブク、ブク、汚いの」

私はしぶい顔で英司に味噌汁を返す。英司は椀の中味をじっと見て、

「もっと、もっと」

と言い、受け取らない。あらかた吹き出して残りが少ないのだ。

「もっと入れる?」

「入れる要る」

もう吹きこぼさないかと思うと、これもあらかた「ガボガボ」に使い果たした。

「もっと入れる要る」

「いやだ。汚いことするんだもの」

「もっと入れる要る、もっと入れる要る」

英司はまた泣き出す。

「お母さん、また泣かしているんですか」

夫がまたのこのこ出て来る。

「何よ小姑みたいに。英は味噌汁がほしいんだって、三杯目よ」

「何杯でもほしいだけあげたらいいでしょうが」

私は黙って、三杯目の味噌汁を英司に渡す。英司はけろりとして、「ガボガボ」と例の如く卓の上に味噌汁を四散させる。

こうした英司の味噌汁濁流あそびに耐え忍ぶ日がいく日もつづいたのだが、やがて「ハアハア」と息をはずませるようになった。大量の味噌汁を「ガボガボ」と吹きこぼすには、英司の肺活量では息切れを起こすようである。ストローを二本にし、三本にし、五本に。やがて、濁流ではなく「あぶく」に興味を持ったようであった。

一日、清瀬の姉の家へあそびに連れて行ったのだが、姉の飼っていた爪の赤い蟹《かに》を、二匹もらって来る。

小さい水槽に砂利や小石を敷き、ひたひたに水を入れて、餌皿には塩気を抜いた「しらす干」や「飯粒」を盛った。蟹たちは上手に食事をし、排泄物はちょんと渦を巻いていて、何んとも愛らしい。

慣れてくると、私が水槽を洗うために手を触れてつまみ出しても、最初の時のように鋏《はさみ》を振り上げていきり立つこともなく、何か〝くすぐったい〟といった感じで身をすくめて、おとなしくつまみ出されるようになった。こんな小動物であっても、なんらかの関わりが生まれるものだとふしぎな気がした。

英司も実穂も、この蟹くんに興味を持って、毎日毎日見守っていた。

「蟹ビール、蟹ビール」

英司はある時、蟹を見て叫んでいる。どうしたわけか、二匹の蟹は口のまわりが真っ白になるほど泡を吹いている。英司は蟹の泡を見て、びっくりしたらしい。

「これはね、蟹さんのシャボン玉ですよ。英も、シャボン玉作ってみるかな」

「ビール作る要る、ビール作る要る」

英司はコップに溶かした台所洗剤を「ぶくぶく」と吹き、確かに「蟹ビール」を作っている。蟹ビールあそびを覚えた英司は、もはや再び味噌汁の「濁流」を作ることはなくなった。

英司が自分でパンを買い、レジをしたいと駄々をこねたので、硬貨を握らせてレジに立たせた。レジの女性は、小さな子供を扱い慣れていると見えて、英司の手の内の硬貨を上手に支払わせてくれた。

「ハイ、ぼくパンですね。今日はおまけで、百十円です。ハイ百十円を下さい」

その日から英司の言葉に新しさが生まれた。レジを通るたび、チョコレートであろうとプリンであろうと、支払いはすべて、

「百十円を下さいパン」

と言うようになってしまった。どうしてそんな混乱が生まれたのであろうか。やがて食事の「おかわり」も、「百十円を下さいパン」で済ませるようになり、水が飲みたくなってもコップを突き出して、

「百十円を下さいパン」

と叫ぶ。まだ、「食べる要る」「飲む要る」「作る要る」の方が意味が通じる。

「お水を下さい、でしょう」

「百十円を下さいパン」

「これはお水です」

「百十円を下さい、お水」

「百十円はいらないの、お水を下さい」

「百十円はいらないの、お水を下さい」

「はい、お水を上げましょう」

「百十円を下さいパン」との戦いが始まってから数週間後、

「はいお水を上げよう」

「はいパン上げる」

「下さい」がすべて「上げる」に変わってしまっ

た。ホットケーキが食べたくなると、

「ホットケーキ作って上げよう」

となってしまう。

「バイバイ」

を自分に向けてし、電話を自分にかけようとし、今また自分に向けて勝手に応答の型を取っている。どこまでも見当のつかぬ子である。とはいっても、言葉は一年前とは比較にならないほど増えている。

それと同時に実穂は無論であるが、英司は他の子供達と「仲間」にはならないものの、同じ場所にいることに耐え得るようになっていた。

英司の観光バス（箪笥に壊れたハンドルを突きさして座席用に椅子を並べたもの）に乗りたい子供達がやって来ると、英司は運転席に座って運転を始める。

「ハイ、長谷観音でございます」

英司が言う。実穂は、

「長谷のんのん行きます」

と旗を持って、他の子供達といっしょにドヤドヤ椅子を立つ。

子供達はそのまま玄関から出て行って、誰一人帰って来ない。それでも英司は一人で案内を続け、終点、江の島でやっと運転を止める。


ある日英司は、自分よりはるかに大きい小学校高学年と見られる男児が、自転車で走るのを見て、自分の自転車に跨《また》がるやいなや猛速力で追いかけて行った。

当時は四、五歳の子供で、英司のように自転車を乗りこなす子は多くなかったのだ。

追いかけられたお兄さんは、物の気配で一瞬後を見て、これまた猛速力で逃げ始めた。歩道に乗り上げ公園をひとまわりするなど、お兄さんは自転車技術を見事に駆使して逃げまわるが、英司はちっとも驚かない。蛭《ひる》のようにぴたっと後にくっついて走る。

お兄さんはとうとう悲鳴を上げて、公園で自転車を止めて傍の木に登った。英司は自転車を止めてじっと見上げていたが、英司もその木に登り始めた。私は遠くから見ながら、ただハラハラするばかりであった。

木に登り始めた英司は、身をすくめて一番下の枝にしがみついているお兄さんには目もくれず、どんどん上の方へ登って行く。

お兄さんは、いきなり下枝から地面へ飛び下り、自転車に跨ると全速力でどこかへ消えた。

私は、英司をびっくりさせない程度に、

「英ッ、英ッ」

と呼んでみた。

英司は私の声を聞くと、木からするすると下りて来て例の下枝までくるとぴょんと飛び下り、自分の自転車に跨り、全速力で私の横を走り抜けて家へ帰ってしまった。英司はいつも自分の名を呼ばれると、呼んでいる私を通り過ごして家へ帰ってしまうのだ。

ともあれその頃の英司は、家族の生活の推移、身のまわりの現象などによく眼をとめ興味を抱くようになっていた。

英司、語る…………

「買う要る」や「百十円を下さいパン」とかは、言葉を覚え初めだったからねぇ。少ししか言葉を知らないし、言葉の意味もぼくには難しかったのよ。

漢字とかは、読めばそのままわかるでしょ。言葉は使い方が難しいですね。

タンスの観光バスは面白かったですね。お父さんの消防署のボウシをかぶって、お父さんの軍手をはめたりなどして、江の島のほか、ムーミン谷や、おさびし山とか、いろいろ観光バスで行きましたね。実穂は片言でしたから、いつもぼくが、ガイドしていたんですよ。
時々、観光バスではなくて、定期バスの回送車にもなったですよ。
ぼくはあまり人のことを考えられないので回送車は一番気に入っていましたね。

夕焼け富士

五歳五カ月

バスの音、バイクの音、テレビや管を走る下水音など、集合住宅ならではの生活音が断続するなかにも、たまゆらの静寂はあるものだ。

「母たん、何か泣いてる」

実穂が飛んできて、私にしがみつく。

「何か泣いてる」

英司が同じように言う。夫は夜勤が多く、冬のそんな夜など親子三人一つの部屋をストーブで温め、早々と戸閉まりをしてしまう。

「あれはね、風さんが泣いているの、怖くないのよ」

「風たんなんで泣くの」

「寒いから泣くのよ」

「しもやけ、泣くの」

英司は実穂と私の会話の中にいて、「しもやけ」がかゆくて泣くのか、と問うている。

「風たん、しもやけもめば泣かない？」

実穂はやや恐怖心が薄らいだらしく、窓の方へ歩いて行く。

「風さんは急いで遠くまで行かなければならないから、しもやけをもむひまがないのよ」

「しもやけもめないから泣く」

実穂が私の傍を離れると、英司は私の小さい膝にどすんと腰をおろして、座椅子がわりに向こう向きに座る。

「風さん走る、しもやけもめないで走る、泣きながら走る」

英司は、続けてつぶやくように言う。

ている。

「風たんかわいそう」

実穂はカーテンを開けて、窓越しに暗い空を見ている。

冬のある日、風邪をひいてしまった私は、思い切って一日寝てみよう、と思った。英司は私が病むと、私の布団から遠く離れずにあそぶことが多い。風邪はたいしたこともないが、寒さも寒しと考えて着替えもせず、炬燵に足を入れ毛布を掛けて横になる。すると間もなく実穂がやって来る。

「母たん、母たん」

「母さんは眠っています」

実穂は私の眼を上下に引っぱり開けて、大口を開けて笑う。涎《よだれ》が私の喉のあたりに落ちてくる。

私ははね起きてセーターの衿もとを押し広げ、実穂の垂らした涎をタオルで拭く。英司も実穂も私を見て大声で笑う。

実穂が私の膝に来る。私のセーターの衿もとを広げてじっと覗きこむ。

「ダメよ、赤ちゃんじゃないでしょ」

実穂は笑いながら飛んでにげる。英司が交替でやって来る。やはり私のセーターの衿を広げて覗き見をする。

「ダメよ、実いちゃんの真似をして」

「山が見えた、山が見えた、山の青が見えた」

突然に英司の即興詩曲である。

「お山に行こうか」

「インディアン橋行く、インディアン橋行く」

「いいよ、先に行ってなさい」

英司は先にとび出して行く。

「インディアン橋先に行ってなさい」

と叫びながら英司の声が遠ざかる。たいしたことないのに寝てみたいなんて、馬鹿なことを考えたものだと思いながら立ち上がる。

霜解けの荒畑の畔《あぜ》を通って、落葉樹林の細い道に入る。しばらく行くと地表に裂け目があり、そこへ丸太四、五本を渡し、横板を打ちつけた見るからに貧相な橋が架《かか》っている。これが子供の言う「インディアン橋」だ。

英司は、インディアン橋の手前でしゃがみこんで待っていた。

素枯れた木の下に山帰来《さんきらい》の真赤な実が、つやつやしい光りを放っていた。春蘭が早くも青いつぼみをとがらせている。

「母たん、どんぐりころころ」

実穂が道の端にしゃがみこむ。

「母たん、どんぐり拾えない」

「やだ、目の前にあるものがどうして拾えないの」

実穂は、またしゃがみこんで、あれこれと指で地面をいじくりまわしている。

「母たん、どんぐり、しっぽがはえてる」

実穂が差し出す樫《かし》の実は、確かにチョンと尻尾を生やしている。

「実いちゃん、このどんぐりはね、これから土の中にねんねしに行くところなのよ。春までねんねしてね、春になったら、ふたば子ちゃんになるのよ」

私は実穂の手で、どんぐりを土の中に埋めさせた。他の実も地面にどんぐりの姿を見せていながら地中に深く根を下ろしているらしく、実穂が拾おうとして拾えなかった理由が、手を触れてみて初めてわかった。

枯原の土よ鮮《あたら》し子の小さき指に埋めゆくどんぐりひとつ

「春よ来い、ふたば子たんなあれ」

実穂は腐葉土の匂いを両手にまとい、土を叩いている。

インディアン橋の下へ通じる急斜面を、英司が転がるように下りて行く。高所恐怖症の私は、この橋を渡るのさえ恐ろしいのに、橋の下へ下りるなどそんな恐ろしいことはとてもできない。

だが、そんなことは言っておれない。実穂を背負い、

「しっかり母さんにしがみついて、目をつむっていな、目を開くと怖いよ」

私は急斜面に背を向けて、傍の篠竹を両手で掴《つか》み、一足一足下りにかかった。実穂と二人分の体重がかかっていて、足がかりがつるりとすべったりする。やっと下へ着いた時は、両手も顎《あご》も傷だらけ。

「おすべり、おすべり」

英司が歓声を上げてはねている。英司の目には、私達が腹這いながらすべり下りたように見えたのであろうか。

「盆栽梅、盆栽梅」

「英君、これはね、鉢植ではないから、盆栽じゃないのよ」

「でかもん梅」

（でかもん—でかい物）

「でかもんね、それに随分お年寄りの梅だから老梅かなあ」

それは梅の老木であり、花もつぼみも思いがけないつつましさで、むしろ若木の梅にない風情があって、英司の眼をひいたようである。

「老梅、老梅、老梅」

梅の若木は花も多く、実穂は一本一本と通り過ぎるごとにじっとみつめている。

「母たん、老梅ってなあに」

「梅のおばあさんよ」

実穂はにこにこしている。

「犬たんのおばあたんは？」

「老犬よ」

梅林の中を抜けて畑地を通り、もうひとつの山かげの道をのぼって帰り路にかかる。

「母たん、富士たんよ」

丘の頂きに着いて振り返れば、雪の白富士がくっきりと見える。

「わあ、きれいだね」

冬枯れの疎林の上に輝く白い富士は、実穂の眼を驚かせたようだ。

「夕焼けありません、富士山ない」

英司が真顔で抗議する。そう言えば、夕焼けのきれいな秋にしばしば散歩に来て、私は軽い気持で、

「夕焼け富士、きれいですね」

などと折々に話したのを、英司は記憶していたらしい。夕焼けが無ければ富士山ではないと、英司が抗議するのももっともだと思う。

「あのね英君、富士山は、あのお山のお名前なの」

「おなめえってなあに、母たん」

と実穂、

「お名前はね、実いちゃん」

なんと答えるべきか、困り果ててしまう。

「実いちゃんだって、お名前あるでしょ」

「どうしておなめえあるの」

「実いちゃんが生まれた時につけたの」

「実いたん誰から生まれたの」

「そりゃお母さんよ」

「富士たん誰から生まれたの」

「さあ……」

「富士山夕焼けから生まれた」

突然、英司が実穂との会話に介入してくる。

「そうかなあ……」

「富士たん、白から生まれた」

「あのね実いちゃん、あの白いのは雪なのよ」

「富士たん、雪から生まれた」

「富士山夕焼けから生まれた」

英司が、こんなに会話に参加できるなんて。枯丘の上で寒風にさらされながらも、私の心は久々に熱く燃え、春を豊かにみごもった大地の沈黙を、

こよなく親しいものに感じた。

英司、語る・・・・・・・・・・・・

富士山はね、北斎の赤い富士山の絵あったでしょ。あれが好きだったわけよ。だから、夕焼けの時だけ本物だと思ったのよ。

NHK母親学級

五歳七カ月のころ

当時は、何か用を持ってどこぞへ出向くことがあっても、英司を連れている限り、その用を果たせるかどうかははなはだ怪しく、私は私の目的とするところに、あらかじめ多くの期待を置かないように心がけておくことにしていた。むしろ、いろいろな機会を用いて、英司の望むところを叶《かな》えてやりたいと考えていた。

そのために当然といえば当然のように、不義理が生まれたりもしたが、

「私のことなんか、どうだっていいのよ」

という感じで不義理に目をつむったものだ。英司の意向を無視するにしのびない気弱さを、どうすることもできなかった。

昭和四十六年三月二十一日と日付のあるこの日、例によって、一日の計画の「母親学級」出席も、無事にスケジュールをこなせるなどとは思っていなかったのだが。それでも早朝に家を出ていた。

日曜日であり電車は比較的空いていた。だが、英司は戸塚から乗車（横須賀線）直後、すぐにぐずり出した。

「サロ乗る、サロ乗る、サロ乗る」

ぐずり始めると、急に英司の心を見失ったような不安を覚える。あまりぐずり続けるので、次の駅（保土ケ谷）で下車した。

英司は彼の意向がはっきりしている遠出であれば、その目的に向かってバスが走り電車が走るわけで至極落ち着いているものの、親の意思での外出にはどう説明したところで何か緊張するらしく、

状態が乱れる。

したがってこの日も、英司はNHKでの自分の役割や目的がはっきりしない、というので、出足から機嫌はよくなかった。

保土ケ谷で下車した私は、もうすっかりむくれてしまい、

「英ったら、うるさいんだから、もう。英の好きにしなさい」

歯をむき出しにしかねない意地の悪い顔で、英司を睨《にら》んだ。

やがて列車が到着すると、

「サロ乗るサロ乗るサロ乗る」

と言い英司は走り出した。私はあわてて英司の後を追い、必死の思いで乗りこんでみればグリーン車である。当時はグリーン車を利用することが比較的多かった。こんな英司を連れ、実穂を背負っての満員電車は、はなはだ危険と思われたからであった。

しかし、日曜・祭日などで空いている時間帯は、普通車でも利用した。この朝も電車はガラ空きであった。それなのになぜグリーン車に乗りこんだのか。英司の行動は相変わらず謎に満ちている。

英司は椅子を回転させ、進行方向へ向いて席に座る。上機嫌である。

「トラトラコトラトキホキトラコトラ」

「英ちゃん何よ、それ。やだな、宇宙語なんか使って」

「宇宙語ちがいました。残念でした。貨物列車が正解でした」

残念でした、ちがいました、正解でした、など「テレビ言葉」の部分だけは見事である。貨車操作場に止めてある無蓋車、タンク車のボデーには確かに「トラ」や「コトラ」「トキ」「ホキ」と書かれてある。

「英、あんた片仮名も読めるの」

私は、傍の実穂に同意を求めるように笑いかけ

る。

「あんたんすごいです」

実穂は、いつも英司の味方であり賛同者だ。英司は笑いながら動き出した列車から身をねじ曲げて振り返り、まだ読んでいる。

「タムワムワキホキトラトキコトラ」

「来週は、保土ケ谷駅に行ってみましょう」

「トラトラコトラ、また来週のお楽しみ」

英司は、テレビ言葉の「また来週」が好きである。漠然とではあっても「来週」は英司にとって、「見当」のつく身近な未来なのであろう。

「サロ、書いてある。グリーン車はサロなんだから」

英司が指をさしている方に眼をやると、確かに「サロ○○○」と書いてある。それにしても英司が、「指さし」をしたのはこれが初めてなのである。私は、心に震えがくるのを覚えた。ただうれしい。

「英君、サロがグリーン車なんて、母さんはぜんぜん知らなかったのよ。教えてくれてどうもありがとう」

「あんたんおりこうですね」

実穂がいかにも感心したように言う。

「普通車は、何かな」

「普通車は、何かな」

こりゃ駄目だわ。私の言っている意味が通じていないようだ。戦術を変えてみる。

「普通車もサロです」

「残念でした、ちがいましたね。正解は、クハ、モハ、サハですね」

英司は私の新戦法の「質問」に、見事に答えてくれた。面白くなるぞ、と内心思う。

新橋駅で下車して車両を外側から見直すと、ステップの高さに、サロ、モハなどの記号が書かれてあるのが確かめられた。だが英司はもう車両の記号に興味を失っていて、ホームを駆け出して行った。

当時NHKは東京・千代田区内幸町に在ったので、私達は新橋から歩くことにしていた。

英司は相変わらずビルの谷間のマンホールや消火栓を探し歩き、止まっているバスやジープの周囲を螺旋状にねり歩く。

それでも、定刻少し過ぎにはNHKに到着した。NHKを訪れるのはこれが初めてではないので、英司は早速駆け出して階段へ姿を消した（当時の彼はエレベーターに乗れなかった）。急いで追いかけたが、一階分ぐらいは軽く引き離されてしまう。

それでも七階まで上ってみると、廊下にしゃがんで待っていた。

「英、待っててくれたのね、ありがとよ」

「ありがとよ、ありがとよ」

英司は、そこからまた駆け出す態勢をとっている。

私はあわてて英司の手を掴んで受付に行き、手続きを済ました。その時突然に、誠に突然に、

「そおれを見ていた
　親だぬきい」

と大声で英司が歌い出した。

「おっ英君だね、そーれを見ていた親だぬきい、それから何？　ほい歌ってごらん、ほい歌ってごらん」

廊下の一角から現れた事務局の渡部先生は、笑いながら英司を追いかけて行く、そして見事に母親学級の部屋に追いこんだ。早くもメンバーは大方揃っていた。

「建川先生、英君は凄い歌知ってますよ」

「英君、何歌ったの」

英司は建川先生の膝にちょんと座る。

「そーれを見ていた親だぬきですって、あははは、その先を歌ってよと言ってるんですがね」

渡部先生は声を立てて笑い、居並ぶ人々も皆笑った。

ドリフターズの「全員集合」で、しばしば、

タンタン狸のフンがフンがは
風もないのにフンがフンが

と歌われていた。この下品な歌を正しく知らないほど、上品な環境に育たなかったことをいたく恥じ入り、私は曖昧に笑って突立っていた。

英司は、まだドリフの面白さを理解してはいなかったが、

「タンタン狸歌う要る」

と言い、軽妙なこの唄を私が改作して家で合唱していた。

タンタン狸とフラミンゴ
風もないのにフーラフラ
それを見ていた親狸
調子を合わせてフーラフラ

無論英司は、この「新狸節」しか知らない。それをこともあろうに、たった一節だけしか歌わなければ、元歌のままのイメージである。私の苦心がなんの役にもたたなかった。


やがて母親学級が開講し、講師の先生の紹介、引き続いて出席者の自己紹介があった。

建川学級は、「吃音」を除く「言葉の障害」を持つ子供と、母親十一人が集まっていた。子供達の言葉の障害は様々であって、多くは知能の「遅れ」を伴っていた。

英司のように「遅れ」の上に「自閉傾向」を持つ子は、私の記憶では多くなかったようだ。

この日の「主題」は就園、就学、また家庭での取り扱いなど多岐にわたっていた。

この学級で、鬼気迫るばかりの母親達の真剣な姿に、私は心打たれていた。私はこれほど真剣に真面目に、人に「問い」「乞い」「求め」たことなどない自分の傲慢さに対して、ひどい自己嫌悪を覚えていた。

「問い」「乞い」「求める」者に、自ずと道はひらけるものである。また、日常の生活の中における子供達への心構えとして、

見せ

触れさせ

考えさせ

試させる

それらの中から、知識を高め言葉を誘発し、正しい言葉遣いを学ぶ機会とする具体例も語られていて、私はただ驚きに胸を熱くしていた。

偶発的な英司の変化を、釣糸を垂れた釣師のようにただ「待ち」、そして「追う」のみの母親であったことを侘《わ》びしく思い、はて、これから果して、これらの人々と伍して行けるだろうかと不安になった。

ふと見れば、建川先生の膝にいたはずの英司が消えている。

私は母親学級に未練を残しながらも、廊下へ出ていって受付近くまで引き返した。

そこには何やら思案顔の渡部先生が、腕組みをして立っておられた。私に気付くと、

「英君、どっかへ行っちゃいましたよ」

と軽く笑っておられる。

「彼はエレベーターが駄目だから、すぐに探し出しますよ。今スタッフが手分けして探していますから」

渡部先生の至極平静な様子に、私も落ち着かなければと気をとり直す。

やがて英司はスタッフの人々と賑《にぎ》やかに、階段

口から出て来る。
「英君、エレベーター駄目だから、階段昇ったり下りたり、もう大変」

英司一人のために四、五人の人々が引きずりまわされたのである。私はただ頭を下げながら胸に迫るものを感じて声を詰まらせた。私は生来性質が強く、人に助けられたり同情されたりするのが、ことのほか嫌いであった。

偏見に満ちた卑《いや》しく愚かな私の虚勢が、訳もなく私の内で崩れ落ちようとしていた。

スタッフの方々の健康で善意に満ちたきびきびとした行動、また、渡部先生の沈着な態度、実穂のお守りをして下さった慈愛に満ちた原田先生、この方々のどこにも対岸の人的、作為的親切を見ることはできなかった。至極当然のこととして、英司を、また私を、受け容れて下さっているのである。

「人の情けが心に沁《し》むなあ」

と思った途端に、目の内に熱いものがぐわっと湧き上がって来た。私は英司の手を掴《つか》んで、トイレへ駆けこんでいた。

英司のこの逃亡劇で、この日の母親学級は当初危ぶまれたとおり、最後まで受講することはできなかったが、「母親学級」外の学びの方に、私にとっては多大なものがあった。

英司は、まだこの時には、外見上「物言わぬ子」のままであった。恐らく、建川先生とも、言葉によるいかなる交流もなかったのではないかと思う。

英司、語る……………

ＮＨＫの階段は、色分けがしてあったよ。一階が黒、二階から四階まで緑、五階は赤でしたね。六階から上は緑だったんですね。ＮＨＫは九階ま

であったように思うんですが、ぼくは数がよくわからなかったから、わかる数のとこまでしか、階段をのぼれなかったんですよ。

　建川先生のね、眼鏡を取ってねえ、ぼくなんか建川先生をなめてみたんですよ。あははは。建川先生の鼻は、すごく大きかったんですよ。だから、あそびたかったんです。指で曲げたりなどして……。建川先生は笑ったよ。ぼくは建川先生のボールペンを取ったりなんかして。ぼくは、すごく、わからんちんだったんですよ。

幼稚園入園前後

五歳八カ月

隣人の白井夫人の親切で、私が飯島幼稚園園長に面会するため訪問したのは、四十五年十月のことであった。園長三橋氏はまだ若く、幼児教育に燃えておられた。

「私個人としては、どんなタイプの子供さんにも、普通の幼稚園児と同じ教育体験をして頂きたいと願っていますので、あまり英司君の障害に拘泥《こだわ》らず頑張って下さい。むしろ、お母さんの忍耐を問われることの方が多いと思いますよ。英君に何が一番良いか、みんなで考えながらやってゆきましょう」

週に一度の日曜学校でさえ、前年には断られている。それが、白井夫人に導かれて面接に訪れたその場で、入園を承認してもらえたのである。夢のような話ではある。

白井夫人はじめ園ＰＴＡ「さくら会」の好意ある働きかけがあったことを、私は後年知った。

三橋園長ご自身も、個人的に「自閉的な子」についての情報収集や猛勉強を始められたと伝え聞かされた。これらの輝くような善意と親切とが、どうして一時に私の家庭を包んだのか見当のつかぬことであった。

「神さまのお恵みでしょうかね」

「神さまのおぼしめしにちがいありません。感謝しなければならないことです」

クリスチャンの私が疑問を持ち、未信者の夫が確信に満ちている。

入園式の当日も、白井夫人や近隣の人々に励まされ祝福されて、園服に身を包んだ英司の手を握り園へ向かった。

式後、一時間保育があり、保護者は保育室の外で待つことになっていた。

英司はしばらく椅子に着いていたが、立って来て保育室のガラス戸に顔を当てて泣き出し、保育が終わるまで泣き続けた。白井夫人は英司のことを心から案じて下さり、

「英ちゃんと教室に一緒にいてあげなければ、英ちゃんはなかなか幼稚園に馴染《なじま》ないと思うのよ。私が頼んであげるから、明日からあなたも、実穂ちゃんも教室に入れてもらったらどうかしら。英ちゃんが教室に馴れたら廊下で待ち、廊下で馴れたら門で待つという風にね。段階を追って徐々にあなたから離すようにしないとね。無理して幼稚園ぎらいにしたら大変よ」

白井夫人の言葉は、いちいちもっともであった。白井夫人は利発で行動派でもある。早速翌日からの保育は、私も教室に入れてもらえることとなった。今度は英司も落ち着いて保育時間に耐えるようになった。白井夫人には団地入居以来、英司のたび重なる行方不明に、その都度、電話連絡や実穂の世話など、面倒をかけることが多かった。

白井夫人は東京下町育ち、正義感にあふれた人情家であり、三人の男児を育て、一人の関白様にかしづいておられる。このような良い隣人に恵まれていたおかげで、英司の入園、また入園後の園生活には、なんの不安もなかった。

「こんな馬鹿な私に……、ほんとに有難いことです」

私は実穂とともに保育を受けて来た夜、しみじみと感謝の涙を流していた。

「英司のクラスは先生が二人もいるのよ、夢みたいです。有難いことです」

「何事も神さまのおぼしめし。感謝します」

「お父ちゃんの神さまは、なんか気楽な感じよ。

お父ちゃんの神さま一体何神さま？」

「はて……、そうそう英君の神さまと同じですよ。ねえ、英君」

幼稚園では、ＮＨＫの「母親教室」で学んだばかりの「見せ、触れさせ、考えさせ、試させる」教育実践がなされていて、本当に心丈夫であった。すべてが順調。何年振りかで味わう幸福感。

私は両腕に抱えるほどのバラを買って来て、瓶に入れた。部屋にバラの香が満ちた。

英司、語る…………

ぼくは幼稚園では、タイヤ転がしや〝小豆たった煮えたった〟が楽しかったですね。

先生の名前、友達の名前をみんな覚えるのがよかったのです。

ぼくは「非常口」とか「月」「星」とか、漢字を探すのが好きでした。

お祈りをしたい

五歳九カ月

電話のベルが鳴る。

「モシ、モーシ」

教会の康子姉妹だ。

「ハイ、ハイ、じゃ、明日の日曜日は必ず参ります」

順境にあっては感謝しなければならぬのだが、日曜日ぐらいはゆっくりしたいなどと考える。罰当たりなことだ。

「英、実いちゃん、明日、日曜学校に行くかな」

「実いちゃんは行きたい」

「英は行かない」

「英、どうして行かないの」

「お祈りができない」

「アーメンだけでいいのよ」

「お祈りしたい」

「いやだなあ、お祈りなんて」

「お祈りしたい。英、おりこうになる」

英司が「お祈りをしたい」などと言い出すとは、想像の外であった。この際仕方がない。お祈りをしたからといって、三文の損になるわけでもあるまい。

その夜、初めて親子三人の祈りが捧げられた。一度お祈りをすると中毒現象を起こすのか、それからは毎晩、「お休み」の歌や昔話が終わると、英司ともなく実穂ともなく、

「お祈りしたい」

と言うようになった。一回祈るも百回祈るもたいしたことではないと、祈り続けているうちに、

もうあれから十年以上経ってしまったのだと感慨深いものがある。

十年前に筆を戻そう。

翌日教会に行くと、私達親子三人とほとんど同時に、緑色のライトエースのピカピカが教会に到着し、飯島団地の子供達がドヤドヤと降りて来た。団地の子供達を日曜学校に運ぶために、教会で購入したとのことであった。

私の知るキリスト教会はなべて貧しく、ことに牧師の台所のつましさには、しばしば畏《おそ》れを感じたものである。この教会も例外ではあるまい。いくら日曜学校の子供達のためとはいえ、なし得る最大の物をもって迎えようとしている教会の姿勢に私は感動し、また誠意に欠けるところの大きい自分を恥じていた。

英司は、幼稚園で顔見知りの子供達が揃ったせいか、いつになくにこにこしている。英司が、なんの緊張も持たず、子供達の中に在るのは珍しいことである。

しばらく教会を休んでいたせいもあるのか、英司は讃美歌、お話、お祈りの四十分間を、すべてみんなと同じように席について耐え得た。しかも聖歌の時は、アクションも交えて、実に楽しそうに、最初から最後まで口を大きく開いて歌った。

「ゆきぬ　ゆきぬ　ゆきぬ
心の重荷はゆきぬ
ゆきぬ　ゆきぬ　ゆきぬ
心の重荷はゆきぬ
罪は去りぬ血潮のもとに
ハレルヤ
ゆきぬ　ゆきぬ　ゆきぬ
心の重荷はゆきぬ」

とかく人と同調できず、人との関係のよくない英司が、唄ばかりかアクションも交えて間違いなく最後まで参加したことに、私は言い知れぬ喜びを覚えた。思えばこの一年間、康子姉妹のあの「モシ、モーシ」に誘われて、こちらから頼んだ手前、義理も悪かろう、など考え、それこそ命がけでこの日曜学校に通ったのだが、一年前とは比べることのできない英司の変化である。

一年前の英司は、この教会のお山を駆け下り、自動車道路を無謀横断し、マンホールにへばりついて動かず、踏切りに飛びこんでゆき、信号を無視した。おかげで毎日曜日は、「もののふ」のたしなみである白装束に身を包み、いざ戦陣の構えであった。

今英司は、教会のお山をくつろいで下っている。おまけに自動車に追い寄せられて歩いた道路には、ガードレールが設けられている。

十字路の信号では、英司が先頭に立ち、手を上げて渡る。何もかもが見ちがえるほど良好に向かっている。

「ゆきぬ　ゆきぬ　ゆきぬ
心の重荷はゆきぬ」

私は歩きながらもバスの中でも、この子供聖歌の詩句に満されていた。夜は夫も交えて親子四人、何回も繰り返しこの聖歌を歌った。

昭和五十年に、お山の教会のハーランド牧師が急逝した。牧者を喪った私達親子は、大船のルーテル教会に身を寄せた。そしてこの教会の牧者松川和昭師によって私、英司、実穂ともに洗礼を受けた。英司は教会が変わっても、

「お祈りしたい」

と願った十年前と少しも変わらず、朝に夕に自らよく祈る人となり、教会の模範出席者の一人ともなった。また、親子三人の毎夕の家庭礼拝を司

る者として、その任を立派に果たしている。英司の発案で始まった家庭礼拝ではあったが、英司自身、高熱を病んだ時も枕もとに私達を呼び寄せ、家庭礼拝の勤めを全うした。熱のため眼を開くこともできない彼が、苦しみをものともせず、自分の責任を忠実に果たしたのであった。

それというのも松川師は、無言の指導力を持つ方のようで、キリストの体温を感じさせる方であった。英司は語られる言葉よりも、むしろ大樹の存在感を持つ牧師に、心安らぐようであった。

大船ルーテル教会三十周年記念誌に、英司は「ぼくの先生」と題して次の作文を書いた。

ぼくが初めてルーテル教会に来たのは、小学校五年生のときでした。

五年生はぼくとやよいさんと二人だけでした。陽子先生が分級でお話をしてくれました。時々、お菓子やジュースをもらいました。六年生になっても陽子先生でした。

中学になってからは、牧師先生にかわりました。牧師先生は、ぼくに聖書の読み方を教えてくれました。

点や丸のところで休んで、ゆっくり読むことを教えてくれました。使徒信条も暗記しました。中一の時は、クリスマス会で信徒信条を奉唱しました。

牧師先生はいつも、「やってみるか」と言ってくれるのです。それでぼくは、いつもやる気になるのです。今ではぼくは、使徒信条も聖書も、みんな大きい声で読めるようになりました。

ぼくは今高一ですが、病気のときに一度、教会を休んで、後は、一度も休まなかったのです。少し体のぐあいが悪くても、教会は休まなかったのです。

ぼくは牧師先生といると、安心できるのです。そして、すぐ元気になれるのです。

家では、月曜日から金曜日まで、家庭礼拝をしています。家の中にはイエス様が来てくれます。外に行く時は、イエス様がぼくとともにいてくれます。それでぼくはいつも安心ということです。

梅ケ島のキャンプには、初めてぼく一人で参加した時、脇坂先生や岩ケ谷先生や牧師先生など、ぼくにいろんなことを教えてくれました。

そこでぼくは、新しい体験を沢山しました。あれからぼくは、ずいぶん強くなりました。落ちついて行動できるようになりました。ぼくは牧師先生や脇坂先生のように、子供をずいぶんかわいがる人になりたいと思っているのです。

英司、語る…………

中学二年生の時、ぼく一人で梅ケ島のキャンプに行ったでしょ。牧師先生はぼくのために長距離電話をかけさせてくれたですね。うれしかったです。ぼく一人でみんなより一足お先に帰ることにしたけれど、牧師先生はぼくをバスに乗せてくれたので、安心して静岡まで出ることができたんですよ。静岡から新幹線の切符を買ったら、それは大きな切符でしたね。

東京駅についてからは放送をよく聞いて二つの出口で一枚ずつ切符を渡してから出て来たんです。放送をよく聞いていれば東京駅でも一人で大丈夫でした。

今度はお母さんにも教えてあげます。

ポンコットラック

五歳十一カ月

飯島団地、尾根続きの山地、畑地は、長年ピクニックの場として、私達親子が利用する所である。作物の作られなくなった畑地は、春は一面タンポポの黄の花で、初夏から夏にかけては杉菜《すぎな》、どくだみ、などの濃緑でおおわれた。

タンポポの花の中に埋もれて食べる「おいなり」は、英司と実穂の好物であった。腹ふくらんで心安らかになった私達親子は、この柔らかい花野で思い思いに寝ころんだ。

「英君のところへ空が降りてきました。英君はただいま飛んでいるそうです」

英司君の言葉は、また少し変化してきた。自分を「英君」と言い、「だそうです」と言う。

「実いちゃんも飛んで行きます。お空がここまできました」

実穂は、誰にもまして、英司のよき理解者である。やがて実穂が、傍の杉菜を摘みとる。

「樅《もみ》ちゃん、大きくなってね」

実穂は摘み取った杉菜に話しかけている。

「英君、これはね、杉菜よ」

私はそっと英司に言い、杉菜の一本を英司に手渡す。実穂のひとりおしゃべりを邪魔したくなかったが、英司はむっくりと起きあがって真面目に言う。

「これは胸毛です」

私は「胸毛なんて、一体どこでそんな言葉覚えたのかしら」とあわてながら、

「胸毛じゃないの」

「ちがいました正解は胸毛でした。ちがいました正解は胸毛でした」

英司は自信たっぷりにやり返している。

「残念でした、英君も実いちゃんも、ちがいました。『つくしの坊やは眼がさめた、つくし誰の子杉菜の子』って言うのよ。だから、杉菜は、つくしのお母さんかな」

「残念でした、お父さんだそうです」

英司がまたやり返してくる。

「お母さんは胸毛ありませんね」

実穂は、英司の言葉にしきりに感心している。

（あの人、胸毛あったかしら）

春先は芹《せり》摘み、つくしとりの家族が多く、私の一家も出会った家族連れの人々とすぐに親しくなり、半刻なり一刻なりをともにすごすことができるようになった。

英司は、いろいろな場面に耐え得るようになりつつあった。幼稚園も順調に適応へと向いていた。


そんなある日、英司が姿を消した。

初夏を思わせるむし暑い午後、私は久し振りに団地の内外で、英司の名を怒鳴って走った。ひと回りまわって、二回目を回ろうとしてあの山畑の入口にさしかかった時、息を切らした英司が出て来た。

「どこにいたの」

「お山にいたそうです」

「こんなに長い時間お山にいたの」

「お山にいたそうです」

翌日も翌々日も幼稚園から帰ると、英司はこちらのちょっとの油断を見すかして姿を消した。怒鳴れば山奥から出て来るものの、どこでそんな長い時間を費やしているのか、つきとめることができない。私は、意を決して英司に頼んでみた。

「英、今日は母さんも実いちゃんも連れてってね。一人で行かないでね」

──マモルモ、セムルモ、クロガネノ──

英司は先頭に立って軍艦マーチで出発。山深く入り、山を出て山里に下る。その山道の中腹に、どうしたわけか一台のポンコツトラックが捨てられてある。すごい所に捨てに来たものだ。こんな山中の道らしい道さえないところに。

英司は運転席に座りこみ、ギコー、ギコーとハンドルを切る。ハンドルを切るたびに車体がギコーギコーときしみゆれる。

「英、お弁当作ってくるから待ってな」

私は英司の弁当を作りながら、あんな山奥の向こうまでよく一人で行ったものだとふしぎに思い、また悲しくもあった。あんなトラックに何時間も乗っているなんて。

もっと近い所に、あれよりかは少し新し目のポンコツトラックを誰か捨ててくれないかしら、などと考え、とりあえず、弁当をかかえて英司の所へ引き返す。

バスや電車とちがって、英司にトラックの体験はさせてやりにくい。ポンコツでも英司が望むのだからと、観念して弁当を運ぶ日が続いたが、雨が降ったりしてポンコツトラックにもしばらく行かなかった。そうしたある日のこと、例によって幼稚園から帰って数分、英司が消えていた。私は落ち着いて弁当を作り、山道に向かった。そして荒畑の畔《あぜ》にかかった時、傍に止めてあった小型トラックの扉が開き、英司が出て来た。

「ポンコツトラック、ポンコツトラック」

英司はそう言って飛びはねている。よく見れば、確かに四つのタイヤはしかめっ面をして半ば土にめりこみ、座席の一部は切り裂かれ、バックミラーは叩き割られている。

とはいえ、山奥のポンコツよりははるかにこぎれいで、外見も古びては見えない。何よりも近い所にあるのがいい。

「英、よかったね、こんな近い所で乗れるんだもの」

「遠くへ行くそうです」
「どこまで」
「北海道」
「それから」
「城ケ島・八街・清瀬・世田ケ谷・立場」
「スピードはあまり出さないでね。信号が赤になったら止まってね。踏切りはいったん停車してね」

ぼつりぼつりと私は、英司と言葉のやりとりをしていた。実穂は、M君、K君、N君らのあそび仲間と家の内外であそぶことを覚えて、ポンコツトラックなどはなんの魅力もないらしく、最初の一、二回以後、全然従いて来なくなっていた。

私の気のせいか英司は、私と二人の時は非常に安定して見え、「おおむ返し」もほとんど見られずに、ともかく会話の型になるのである。

それでいて、まだ英司は自分の名を呼ばれて返事することはなかったし、幼稚園でも無論返事はできず、先生とも子供達とも、時折り「おおむ返し」で応答する程度、「物言えぬ子」のイメージはまだまだ強く、それまでにもまして私は、英司の「障害」の重さを思わぬわけにはいかなかった。

六月中旬、こども医療センター（神奈川県立）に行く。担当の田野先生は、英司を連れてプレイルームへ姿を消し、しばらく出て来られない。やがて先生だけが、にこにこして出て来られた。

「一カ月前よりは随分変化が見られますね。それにいろいろなことができますね。苺を、ストロベリーと読みましたよ。まあ英君の場合は、特殊学級よりは普通学級を目標とした方がよいでしょう。その線にそって努力しましょう」

田野先生は非常に慎重な方であり、多くを語られないが、英司はむしろ寡黙な先生に親しんでいるようである。

英司の障害の意外に重いことを思い、気落ちしていた私は、田野先生のお言葉で、再び勇気づけられ力づけられた。

　医療センターの門を出ると、ニセアカシアの純白の花が目に沁みた。私の一家はアカシアの花の下を通り、桜若葉の坂道をぶらぶらと歩いて県道まで下った。

　その夜英司は、何を思ったか、平仮名の「文字板」を取り出して、ガラガラとぶちまけた。

　やがて英司は、「へ」と「り」の文字板を持ってやって来た。

「(へ)と(り)は、片仮名でしょうか、平仮名でしょうか」

　私は英司の質問に面喰らっていた。

「どちらが正解でしょうか」

　英司は、少々苛《いら》立っている。

「平仮名の時も片仮名の時も使うのよ」

「どちらが借りたものでしょうか」

「さあ……」

「返さねばダメ」

「でもね英君、返したらどちらかが足りなくなるでしょう」

「借りた物は返さねばダメ」

「そりゃそうなのよ。でもねえ、こんな場合はねえ、ああ困っちゃうなもう」

　どう説明していいのか、私はただ困惑しきっていた。英司は、じっと「へ」の字を見ていたが、

「へくななえる」

と、言い、笑い出す。

「へくななえる？　なあに、それ」

「へ」「く《く》」「ㄱ《なな》」「し《える》」

　英司は、私の方へ文字板を示し、あっちこっちと向きを変えて読んでみせる。

「Lなんてどこで覚えたのでしょうか、さて正解は」

「大きいことはいいことだ。森永エールチョコレート。大きいことはいいことだ。森永エールチョコレート」

英司は笑い、かつ歌い、ぴょんぴょんはねている。

「正解は森永エールチョコレートのLでしたね」

私が正解の解説をすると、英司はすかさず、

「森永製菓の提供でお送りしました」

と言った。

「マル米味噌」などの「CM」買いで閉口していた私も、いつの間にかCMが、英司の中で形を変えているのに気付き、なんとも奇妙な思いにとらわれていた。


英司、語る……………

ポンコツトラックは楽しかったですねえ。長距離トラックに乗っている気分がしたんですよ。ヤキソバのお弁当はおいしかったです。森永エールチョコレートの髭《ひげ》のおじさんはすごかったですね。

飛行機にまたがったりなどして。ぼくはあれでずい分虫歯の多い人間になったのですね。

ＮＨＫキャンプ

六歳の夏

英司は天気予報が好きである。毎日欠かさず見ている。ことに冬は注意深く見るようだ。

「母さん、島田先生の所はまた雪ですよ」

「おや、そうですか」

「島田先生、大変ですねえ」

「母さん島田先生の所は、雪崩注意報が出ていますよ」

かれこれ十年英司の「天気予報」は、新潟地方に限り正確に報告され続けている。

「神奈川地方を見ておいてね。明日はピクニックだから」

これが全然役立ったことがない。

「あっ失敗しました。見落としました。いいですよ。ぼくが電話で調べます」

その都度電話で天気を聞いている。神奈川の天気予報を見落としたのではなく、英司は、新潟以外の予報をほとんど見ていないのである。

英司の天気予報は、新潟県立高田養護学校教諭島田彦三先生の消息と安否を気遣う唯一の手段であって、他の都道府県のどこの天気にも、全然興味はないのである。

島田先生と英司が初めて会ったのは、ＮＨＫ「言葉の相談室」療育キャンプ初参加の時であった。

若い男女のボランティアの方々の中に、ただ一人「お父さん」の親しみとあたたかさを湛《たた》えた島田先生がおられた。たまたま、島田先生は建川学級の担当であったため、英司は島田先生にお世話になることとなった。

「島田先生は最初に順番をきめて、おすべり台をすべらせてくれたんですよ。母さん覚えているでしょう。栃木県の天狗のお寺ですよ」

英司が急に思い出して話してくれる。

四散し勝ちな子供達を黙々ととりまとめておられた汗びっしょりの島田先生の、目立たない働きが今も印象に残っている。


宿泊療育キャンプ第一回は、鹿沼市の古峯神社の宿坊であった。英司は集団行動がまだできず、島田先生は、特に英司に注意しておられたようである。

集団行動の遊びを通して、翌日にはこれらの子供達が、どのように他の子供達と関わりを持ち、どのような変化を見せるか、それが先生方の課題となっているようであった。

多くの宿坊の近くを散歩するなどで、第一日目は夕刻を迎えていた。宿坊の近くの池のほとりに動物小舎があった。

「猪《いのしし》でしょうかねえ」

私は灰色の猪型の動物を、英司と実穂に見せてそう言った。

「おや、ブウブウと鳴きました。これは豚さんでしょうか」

英司が言うように、その動物は確かに豚の声で鳴いた。

「でも顔は猪ですね。姿もなんとなく猪ですね」

「豚でしょうか、猪でしょうか」

英司はすっかり真剣な顔である。

「母さんにも解りませんね」

「正解はいのぶたですね」

英司は自分勝手にきめてしまった。

「いのぶたは、肥えたんごのお家でかわいそう」

英司はそう言い、一人で宿坊へ駆けて行った。

実穂は、私に背負われたまま、じっとこの動物を見ている。

「母さん、猪は豚から作ったのかな、それとも猪から豚を作ったのかな」

「さあ……」

「いのぶたさんから、猪と豚を作ったのかな」

「さあ……」

「お父さんなら解るかな」

「父さんなら解るかもねえ」

実穂の質問責めにも、私はしばしば絶句することが多い。

「お母さん、お月さまは幾つ顔があるですか」

「さあ……」

「お母さん、なぜ青虫は天国へ行かなかったですか」

実穂は青虫の死骸を手であたためていたりする。

「牛さんの鳴き声は、誰がきめたですか」

英司の質問も答えられないことが多いが、実穂の質問にも答えられないことが多い。


さて実穂を背負って古峯神社の宿坊に帰ると、もう入浴の時間であった。英司は島田先生に入れてもらい、実穂も建川先生に抱っこされて消えてしまった。

うす暗い宿坊の畳の上に、私は身を横たえた。思いもうけぬ安息が、私の心にやってきた。

「実穂ちゃん、おむつがとれていていいわ」

建川学級の最初からのメンバーであり、リーダーである坂田さんが、声をかけてくれた。

直子ちゃんが英司より二つ年下の三歳で、直子ちゃんの弟の洋才君は、実穂より二つ年下で一歳であった。

「いえね、下の子のおむつがまだとれないし、どうしようかなと思ったんですけどね、折角のチャンスですからね、若さに物を言わせてやって来たのよ」

坂田さんは、天性の明るさと健康さを見せて語りかけて下さった。私は人見知りの激しい性質で、

「しゃべり」を最も苦手とする。

そんなわけで、自分から誰かに話しかけることはなかなかできないのだが、坂田さんは、なんの屈託もなくほほ笑んでおられる。私は坂田さんの明るさに引きずられる形で、すっかり親しくしていただいた。

余談になるが、それから十数年間、坂田さんは少しも変わらず面倒を掛けるばかりの私を、いつも庇護していて下さる。

「英君、幼稚園、順調に行ってる？」

「今のところとても順調ですね。若い先生が二人ついていて下さるのよ。夢中で英司を理解しようとして下さる姿に、心打たれることしばしばよ」

「いえね、直子も来年幼稚園なのでね、今日はそのへんのところ先生にもお尋ねしようと思っているのよ」

やがて食事の時間になり、私達は宿坊から食堂の板の間に案内されて行く。古寺のこととて、里いもとコンニャクの味噌煮などの精進料理であろうと私は期待に胸をはずませた。なんと言っても、食べることは私の人生である。ところが意に反して食卓に並んだのは精進料理とは似ても似つかぬものばかり。

「いただきます」もそこそこに、英司がガツガツと食べ始めた。御飯、吸物、酢の物、マカロニサラダが、またたく間に消えて、英司の食卓は空っぽとなった。私は自分の眼を疑った。

英司の偏食は激しく、それがためキャンプの打ち合わせ会では、偏食を補う副食など配慮した方がよかろうかと発言したりもした。

それが今、眼の前の英司の食べざまは、異様なほどである。

自分の分を平げた英司は、私の皿を空にしてしまい。実穂の皿を空にして、

「もっとマカロニサラダ」

と叫んだのである。それまで英司はマカロニサ

ラダなど、一度も食べたことはない。

「お宅、偏食がなくていいわね。どうぞ、うちの子が手を付けたけど、よかったらどうぞ」

両隣の方々の好意で、マカロニサラダの皿が英司の前に運ばれ、英司はそれでやっと満腹したようであった。

食事の後のキャンプファイヤー、花火大会など、英司の心がいきいきと楽し気に息づき、ゆれている。

恐らく、ここに集う幼子たちも、英司のそれに勝るとも劣ることのない新鮮な喜びを、享受していることであろう。

キャンドルサービスの、小さなひとつひとつの灯の輪の中に、天使のほほ笑みがある。

「心を許し合える仲間がこんなにいるなんて。やっと安心できる場所がみつかったみたいで……」

私と隣り合わせた人が、私の耳に口を寄せ、そっとそう言い、声をうるませた。そしてその人は、しきりに眼頭を押さえておられた。

私だけではない、みんな淋しく、辛く、苦しい日々を過ごしてきたのだ。無傷の親なんて、恐らくここには一人もいないであろう。

私は、私の心にある安らぎ、開放感が、どこから来ているのか考えてみることもなく、小さな天使たちの笑い、はね、動き、泣き、飛び、一刻もじっとしていない生命の躍動を見守るのみであった。

一泊二日の療育キャンプは、あっ気ないほど短く感じられた。翌日ＮＨＫ会館の前で散会する時、建川先生は英司の手を握り、

「来年も、きっといらっしゃいよ」

とおっしゃって下さった。英司は、その場は特にこれといった反応を見せなかったが、新橋駅に着く頃になって、しくしくと泣き出した。

「またキャンプ行くですよ。またキャンプ行くん

ですよ」

「またね。来年連れてってもらいましょうね」

「島田先生とお風呂入るんですよ」

「きっと、また島田先生とお風呂に入れますよ、大丈夫ですよ」

いつか泣き止み、家に帰り着いた時は、夏の日もすっかり暮れてもう夜であった。

英司も実穂も、物凄い食欲を見せ、夕食を終わるや二人とも折り重なるようにして畳の上に眠ってしまう。

私は相当に疲れているのに、子供達のようにすぐには眠れなかった。目をつむると、キャンプでの二つの母親学級。スタッフの方々のご苦労、ボランティアの方々の献身的な働き、すべてが映像を見るように思い出された。翌朝、子供達の騒がしい声で目覚めた。

久々に、英司の観光バスが復活している。だが、珍しいことに、英司は運転をしていない。壊れた電気剃刀《かみそり》を口にあてがい、

「こちら一号車、こちら一号車、どうぞ」

と騒がしく叫んでいる。実穂は鉛筆を持って口にあてがい、

「ブーブーブーブー子豚さん、ウーウーウーウーうさぎさん」

などと怒鳴っている。

「私、わたなべです。あなたのお名前は、お名前をどうぞ」

英司が急に声色を使って、私に電気剃刀をつきつける。

「しんぎょうじお母さんですよ」

「あなたのお名前は?」

実穂が英司の口に鉛筆をつきつける。

「しんぎょうじ、ひでしでございます」

英司は「私、わたなべです」などとさっきまで声色を使っていたが、自分の口にインタビューのマイクが向けられたと納得した時、なんのためらい

いもなく自分の名を言った。英司が生まれて初めて自分の名を言ったのである。キャンプの体験が、英司と実穂の新しいあそびとなって現れ、英司の中から何かが誘い出されてくる。

本来、人の使う「言葉」の発達段階を、日ごとに見ることができるようになっていった。

心許せる人との二日間が、英司と実穂にあたえたものは、私の予想をはるかに超えたものであった。

「島田先生と銭湯へ行く」

「島田先生のお家は遠いです」

「電話をしてあげなさい」

「新潟から銭湯へ来れません」

「電話をしてあげなさい」

ある夕べの英司との対話である。私はちょうどその時、天気予報が始まったので、天気予報用に映し出される各地天気図を棒で指して、「新潟地方」を教えた。東京や栃木や群馬のもっと遠くだと説明した。英司なりに、銭湯に来れない遠さだとわかったらしい。

彼はしくしくと泣いた。夫はそんな英司を抱きかかえて慰め始めた。

「英君、銭湯ならパパが連れてって上げますよ。戸塚にも一軒くらいあるはずです」

「パパと銭湯行きます」

二人は勇んで夕方の戸塚へ、バスに乗って出かけて行った。

英司はこの夕方から、新潟地方の天気予報を、注意して報告するようになったのである。

英司、語る…………………

島田先生の言葉は、ぼくには全然通じなかったけれど、島田先生は、ぼくと実穂を銭湯のようなお風呂に入れてくれたんです。

それでぼくは島田先生が気に入ったのです。ぼくは島田先生を忘れたくないので天気予報を毎日見るんですよ。

玉井収介先生

六歳六カ月

昭和四十七年二月。

久里浜（横須賀市）の国立特殊教育研究所に、建川先生をお訪ねした。その折、情緒部の部長として着任されておられた玉井収介先生に、初めてお会いした。

その日は春のような暖かさであった。私達親子は野比海岸でバスを降り、海沿いに道を進んだ。小高い丘の上に完成されたばかりの研究所を見いだした時、英司は歓声を上げて駆け出した。

「ホテル、ホテル、ホテル、ホテル」

建川先生は玄関まで出迎えて下さり、英司が自動扉の開閉を、繰り返し試す様子をじっと見ておられた。やがて英司は、建川先生に手をとられてエレベーターに乗り込んでしまった。

「あれ、英、エレベーター駄目だったんだよね」

建川先生が気付いて言った時、エレベーターはもう二階へ着いていた。

「英、もうこれでエレベーター大丈夫だよね」

英司は建川先生の言葉などどうわの空、エレベーターに乗ったのも降りたのも、まるで意識にない感じである。先生との思わぬ再会が、よほどうれしかったらしい。

二階のまだなんにもない部屋に、玉井収介先生が立っておられた。

建川先生は、英司のカルテを片手に持ち、玉井先生と言葉を交わしながら英司の動きを眼で追っておられた。

「玉井です」

玉井先生の差し出された大きな右の手を、英司はおし頂くように握り、先生の顔を仰ぎ見ている。珍しいことである。

「先生と海岸に行ってみようか」

初対面の先生に、果たして英司が従《つ》いて行くであろうか。あろうか。私は内心危ぶんだ。英司はやや心配気に、二、三回私の方をちらちらと振り返って見てはいたが、なんの抵抗も見せず従いて行ってしまった。

しかも行ったきり、一時間近くも帰って来ない。英司は海が好きである。どこまでも走って行ってしまって捉まらないのではないだろうか。

不安になりかけていたところに、ようやく英司と玉井先生が帰って来た。英司が多くの貝殻を持っている。恐らく玉井先生との長い散歩は、想像のできぬくらい安定した満足のゆくものであったのであろう。

カルテを見た玉井先生は、

「数年のうちにこれだけになるなんて、ちょっと信じられない。以前のお話をうかがえば、確かに自閉症的ではあったようですが、今の状態では、遅れの方もさほど感じられませんし、普通学級でスタートしてみてはどうかと思うのですが」

玉井先生は言葉少なに語られた。

建川先生が、入学後、時折り学校の様子を見て下さることをお約束下さった。

玉井先生は週一度、英司の治療観察の労をとって下さるという。夢のような話である。自閉児多しといえど、このような幸運に恵まれる者は稀であろう。

就学児総合健診は終わり、その時点ではどういうわけか難なく健診をすり抜けていた。だがあくまで英司に一番ふさわしい教育はどうあるべきなのか、迷いに迷い食事も喉を通らぬ日を過ごしていただけに、玉井先生、建川先生のお申し出はありがたく心に沁みた。無論私は、玉井先生が自閉症児研究の権威者であることを、この時はまだ知ってはいなかった。

相対しているだけで、人を和らげる。優しく物静かなお人柄に、私はむしろ畏れの思いを抱いた。いまも昨日のことのように、あの日の感動と感謝の思いが甦える。

玉井先生にお会いしたその夜、英司は急に紙に向かって物を書き始めた。平仮名、片仮名、数字、アルファベット、こき混ぜて書きまくる。

「英、もう寝なさい」

「ＵＦＯ、ＵＦＯ、ＵＦＯ、ＵＦＯ」

「英、また明日にしなさい」

「ざくろ、ざくろ、ざくろ、ざくろ」

馬の耳に念仏、とはよく言ったものだ。英司は、自分の書いている文字をまるで念仏のように唱え書き続ける。

翌日も朝早くから書きだした。

「ふたつ、よっつ、むっつ、やっつ、じゅっつ。二つ、四つ、六つ、八つ、十つ」

「三びきのこぶた、三びきのこぶた」

「木せい、木せい、木せい」

「ひでし、ひでし、ひでし」

同じことばかりの繰り返しで、二十回も書いてしまう。二日で百枚近くのワラ半紙を書き尽くす。

「み、す、ま、ほ、は」

などの「曲がり」、の部分が書けないといって焦る。自分の手をぶっ叩いたり、噛んだりする。ひとしきり泣き叫ぶ。あげくの果てに、

「英君に、お祈りしてあげなさい」

(ぼくにお祈りをして下さい、との意)

と泣き訴える英司に面くらい、こんな時にお祈りだなんて、いやだな、と思う。それでも仕方なく私は合掌して眼をつむる。

「神さま、英君が〝みほ〟の『み』を書けるようにして下さい、アーメン」

どういうわけか、英司は「み」の曲がり部分を

どうにか書けるようになった。

「英君に『ほ』のお祈りをしてあげます」

(ぼくのため『ほ』が書けるように、お祈りをすべきです、との意)

「英君は『す』はお祈りしないそうです。なまるにするそうです」

(ぼくは『す』のためには祈る必要はないです。なまるにします、との意)

「なまる? なまらない方がいいよ」

「なまるがいいそうです」

(なまるがいいのです、との意)

「どれどれ、見せて下さい」

片仮名の「ナ」に「゜」を打って「す」としている。これならなまってもいいわけだ。

一カ月後、数字の百一までを繰り返し書く。また一足す一が二である、と理解する。

「おーい、おかわり」

「えっ、またですか」

「いいじゃありませんか、私しゃこの家の主ですよ。おいしい物は何ばいでも、ちょうだい」

森川信のCMが、そのまま英司の食事の時に利用されていた。最初のが一つ目、おかわりが二つ目であることがわかったようである。

夫は食事のたびに言う。

「母さん、これ二つ目? なに、三つ目? じゃ食べるの止めます」

夫はふしぎな人である。満腹感で止めるのではなく、おかわりの数で食べるのをとり止める。夫と私のやりとりを、英司はいつからか注意して見ていたらしい。

「おーい、おかわり」

に始まる例のCM実演が終わった後、

「これ二つ目?」

突然その朝英司は言った。

「そうですよ。一つ目は英のポンの中に入ったんです。これは二つ目で、まだポンの中へ行っていません」

「一足す一……」

「そうです。二つ目がポンに行けば、一足す一で二になります」

「一足す二は」

「三になります」

「一足す三は」

「四になります」

「一足す四は」

「五になります」

ずーっと足し続けて百一に達して、ようやく英司は満足したようである。私の方は顎がおかしくなる感じである。

夜眠る前に一足す一から一足す百まで、またまた顎がしびれるまで、繰り返させられる。一足す七十二は七十四などと眠さのあまり間違えると、一足す一に逆戻りさせられる。

彼の知識欲は旺盛であった。他の子供達が手間暇かけて覚えてきたことを、彼は短期間のうちに挽回しようとしているかに見えた。

マーケットに行けば、「飯島薬局、飯島薬局」と叫び、薬局に入って行って薬瓶の名をみんな読む。次は、

「酒屋さん、酒屋さん、酒屋さん」と酒屋に入り込んで隅から隅まで酒の名を読む。最後はダイヤーチェーン店、そのベ食品店である。

読むことに熱中しているせいか、ひところのように多くの食品を買いこむということはない。

「スポンA、スポンB、スポンC、スポンE、スポンF、スポンG、さて正解はどれでしょう」

「わかりませんね」

「正解はスポンジでした。この番組は、森永製菓の提供でお送りしました」

また、別な時に、

「22じ、を書きました。さて正解は」

「虹《にじ》でしょうか」

「残念でした。22じは、つつじでしたね。この番組は三共製薬の提供でした」

（1《ワン》・2《ツウ》・3《スリー》の2《ツウ》を当てて、つつじと読ませる）

おやつのプリンを食べ終わる。

「この番組はハウス食品の提供でお送りしました」

ごちそうさまとは言わない。

読み、書き、考え、しゃべること、まるでバケツの水をぶちまけるような勢いなのである。私は、「玉井先生は一体英司に何をなさったのかしら、まさか、魔法をおかけになったとは思えないが」

などと考えたりしたものだ。

ある日には豚の鼻をつけた四ツ足の動物が、次々に描かれる。猫の目と豚の鼻をつけた四ツ足の動物が描かれる。どうも絵はうまくないようだ。

「赤牛と黒牛を描いてあげなさい」

（赤牛と黒牛を描いて下さい、との意）

クレヨンを使って、それらしく描いてやる。

「黒牛は牛乳を出すそうです」

「そうですね。牛乳を出しますね」

「赤牛は、コーヒー牛乳を出すそうです」

「まさか、そんなー」

英司は、笑いをこらえる私の苦しみには関係なく続ける。

「まだら赤牛は、フルーツ牛乳を出すそうです。提供は雪印乳業でした」

夥《おびただ》しい独り言、また紙に向かって書きまくる英司に、なかなかブレーキは効かない。

「英、ちっとやめな、疲れるよ」

英司は向こう向きのまま答える。

「英君は飯島小学校に行きたいそうですから、勉強させなさい」

（ぼくは飯島小学校に行きたいので、勉強させて下さい、との意）

「英、おりこうだね」

感極まって私の声はふるえた。振り返った英司の目が、ひたと私に注がれる。英司にこうして見つめられるというのは、初めての経験である。

「英、頑張ろうね。きっと飯島小学校に行けるよ」

「英君頑張りなさい。きっと飯島小学校に行けるそうです」

（ぼく頑張ります。きっと飯島小学校に行きます、との意）

英司はふいっと向こうへ向き、書きかけの紙に背をこごめた。英司はそれまで意識して人の目を見つめるということは一度もなかった。「おおむ返し」の応えを返しながらも、相手と目を合わせる必要を感じなかったようである。そんな英司と、目をみつめ合って言葉を交わしたのである。言いようのない感動が心にあった。

玉井先生にお会いしてから小学校入学までの間に、片仮名、平仮名、数字、アルファベットすべてを、どうにか書けるようになった。

また、あの独特の「言葉遣い」による反応と、夥しい「独り言」も、英司のめぐりを活気あるものにした。

英司、語る…………………

ぼくはまだ小さくて、知っていることが頭に一杯になると困ったんですよ。

忘れることが難しかったですよ。忘れる方法がわからなかったんです。

ぼくは知りたいことをずっと独り言で言って、忘れたくないことをずっと独り言を言って、そしておぼえていったんですね。そしておぼえた後はね、忘れないためにずっと独り言を言って、それでぼくは随分忙しかったわけよ。

英司の「独り言」は、高等部入学後も残っている。「独り言」を言って良い場面を、家庭・休憩時間と限定してあったのだが、彼はこれを実によく守っているようであった。

独り言のテーマのうち、独り言出現の頃から続いているものの一つ「神奈中バス」について、何か書いてみてはどうか、と言ってみた。

「母さん、神奈川中央交通バスについて何か知りたいの」

「英司の知っていることを少し知りたい」

「神奈中バスはね、と記号、ふ記号、お記号とあるわけよ。どれを知りたいの」

「と記号車にしようかな」

彼は二日がかりで、「と記号車」についてのみ書いてくれた。「と記号車」だけでも、百七十一台記憶していたようだ。

英司はバスの特徴を、彼なりに原稿用紙に整理して書き、見せてくれた。(次頁写真参照)

ある日玉井先生を研究所にお訪ねした。英司は「玉井先生に会いたい」と、よく言う。それなのにお会いしても実に淡白で、先生と黙って相対することが多い。先生もまた、にこにこされておられるだけで、言葉の多い方ではない。この十年間、玉井先生は、少しも変わらず、言葉少なに、あの笑顔で英司に会って下さった。英司は玉井先生を、十年の昔から今に至るまで、どのようにとらえていたのであろうか。

英司、語る・・・・・・・・・・・・

玉井先生はね、あまり話しません。

「またいらっしゃい」

と最後に言ってくれる時、その時だけで玉井先生の言葉は強く感じます。それでぼくは力がわいて、次のチャンスの時まで待つことができるよう

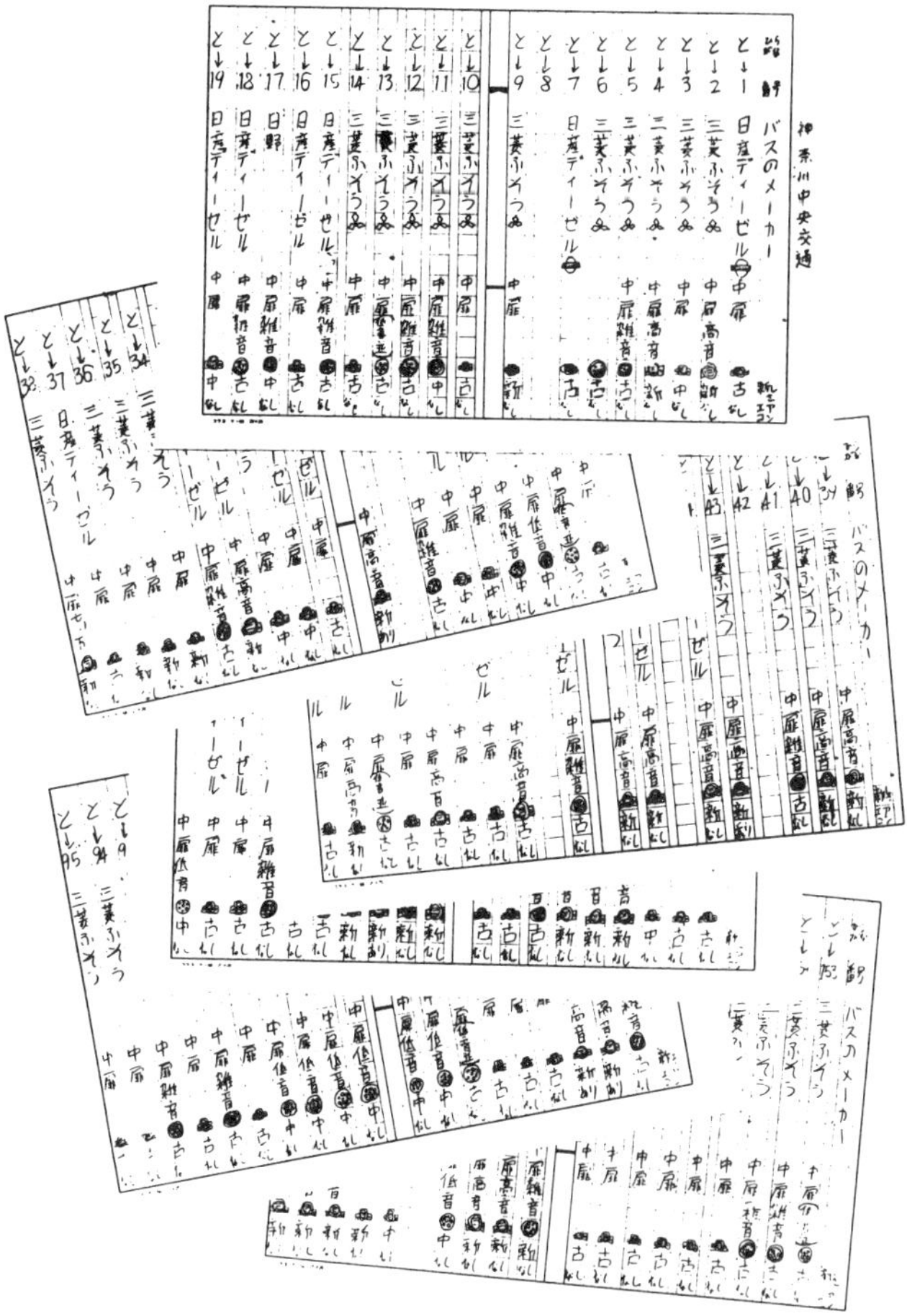

英司が書いた神奈川中央交通バス・ト号車171台の分類（記号・番号・メーカー別・マーク・扉位置・新旧別・エアコンの有無の順）

になったのです。一週間待って、やっと玉井先生に会えて、あまりお話をしないで、最後の時だけ、

「またいらっしゃい」

と言ってもらうのが一番よかったのです。玉井先生は黙っているから、優しいのがぼくにはよくわかったのよ。ぼくにはなんの心配もいらないのがすぐにわかったんですね。

玉井先生は黙っているのが、一番ふさわしい先生ですね。


野比海岸の海でね、あの波があるでしょう。ぼくは波のことを「段水」だと言ったんですよ。砂にも「段水の貌《かお》ができてる」とか言って。ぼくは棒を拾って来て、砂の間の小さい川を叩いて「段水」を作っていたら、

「英ッ、段水って波のこと?」

なんてお母さん言ったじゃないの。ぼくはやっと波のことがわかったんだよね。


波はさあ、エスカレーターみたいに砂まで来て消えてしまうね。

ぼくはずっと消えないように棒で叩いてみたんだが、やっぱり消えてしまうんで、気になったですね。

ＮＨＫ言葉の相談室

昭和五十六年の夏、ＮＨＫ厚生文化事業団・言葉の相談室主催の、夏の療育キャンプに、英司は単身参加した。

「英司君にできる範囲内での、ボランティア活動を試みましょう」

それは願ってもない幸運なお誘いであった。英司は五十六年の春、高等部（横浜市立本郷養護学校）に進学していた。その初めての夏休みに、一つの節目としての「新しい試み」は、私の一家を喜びに満たした。

英司は、担当の建川先生の身長、体格に何ら見劣りのしない雄姿をもって、のっしのっしと先生の後に従った。

私と実穂は、言葉に問題のある幼児と家族の方々、そしてスタッフの方々がすべてバスに乗りこみ出発するまで、見送りの場所に立っていたが、英司は遂に私達の方へ顔を向けることはなく、心はすでにキャンプにはやり立っているようであった。

「英ちゃんいいな、実穂も行きたかった」

中学二年になる実穂が急に幼い口をきく。

「バカ、実穂は健全に発育しているのよ、どこも問題がないんだから」

「実穂の問題は、欲求不満かな」

私はもう一度「バカ」と言い、実穂を睨《にら》む。

三日の後、見送った同じ場所に英司を迎えに出た。少し陽焼けした英司が、賑やかに騒がしく私の方へ駆けてくる。

私の知らないスタッフの方々を一人一人私に紹介して、

「おれが楽しくお世話になったんだから、母さん、あいさつをして下さい」

と言う。「人並みだ」という気がする。

「英君、よく働きましたよ。大成功」

「本当によく働いたのよ。なんでもよくやって。お見せしたかったたわ」

事業団事務局の渡部先生、原田先生が、このたびの企画の成功を、晴れ晴れと伝えて下さった。

思えばこのお二方にも、十年に余る歳月の間、公私にわたりどれだけ多くのご恩を受けて来たかとにわかに胸の熱くなるのを覚え、急いで傍を離れた。涙があふれそうであった。

この療育キャンプに初めて参加したのは、英司五歳の夏であった。まだ頑是ない齢であった。それが今やスタッフの方々を、凌ぐとも劣らない偉丈夫である。

このキャンプの様子は、二日間にわたりNHK教育テレビで放映された。テレビで見る幼い子供たちの動きに、自然とほほ笑みを誘われた。

子供たちの笑い、駆け、跳ぶ様は、さながら神々に似る者、あるいは神々の見事な作品として私の目に映った。この幼子たちが、あるいはその母の痛みとなり、悲しみとなっているやも知れない、と思う時、私は自らの心の古傷に触れた思いがした。

ともあれ、私の心の痛みを押しのけるように、画面に英司が現れる。幼子らの中に英司が動く。これが私の英司なのだと思い、再び心に痛みが兆す。

私はすでに多くの苦しみの日々を、遠い過去としている。現在英司の障害の故に苦悩すべきものを何一つ持ってはいない。

だが今これから、「言葉の障害」との戦いに向かわねばならぬ多くの人々が存在することを思うと、自ずと心に痛みが兆すのであった。

秋になり、キャンプの反省会がＮＨＫでもたれた。英司はその席でキャンプの感想文を落ち着いて読み上げた。

「ぼくが建川先生に初めて会ったのは内幸町のＮＨＫでした。実穂がまだ赤ちゃんの時でした。建川先生は黄色いセーターを着て、若かったのです……」

私は残念ながら黄色いセーターを覚えていない。

「英、何歳の時だったの」

「実穂が赤ちゃんの時ですよ。実穂は原田先生に抱っこされたんですよ」

と言う。私も急に気になって、多くのノートの山を掘り起こして探して見たが、建川先生に初めてお会いした年月の記述が探し出せない。

もしかしたら英司の記憶ちがいなのかもしれないとは思うものの、「黄色いセーター」はそのままにした。

「昭和四十五年八月二日晴

ＮＨＫ言葉の相談室に行く」

と短く書かれてあるのをようやく発見した。

多分これの相談室に行った時は二度目か三度目のようである。すでに英司は「自閉傾向」との診断を受けていることが記されている。

ごっこあそびができるように誘導する。

絵がかけるような配慮をする。

外あそびは多いほどよろしい。

英司の日常の取り扱いについてのみの記述に終始して、先生のお名前さえ書き落としている。失礼な話だ。

建川先生は、現在では考えられないほど多くのことを語られている。前述のごっこあそびや絵を描かせる。外あそびなども、具体的に、

電車ごっこ、電話ごっこ。

父さんの顔、母さんの顔を描かせる。

歩く、走る、登る。

など今まで試みなかったことを意識的に試みるように、と語られていて興味深い。

「畳や襖に、丸や、ぐちゃぐちゃを描きますが、紙には描きません」

「じゃ、襖を真白にして開放してはどうですか」

大胆なことを実に物静かに申される。

「逃げ出したら、なかなかつかまらないんですが」

「最初から競走する気でおやりになってはいかがですか」

おっとりと構えてはおられるが、痛快なほど切り返しが早い。都会人だなあと思う。

つまり考え方を変えれば、「困難」としたことが決して「困難」ではなくなる、ということを私は学んでいた。

「哺乳瓶でジュースを飲みたがりますが」

「まさか中学生になるまで、哺乳瓶を使い続けることもないでしょう」

にこりともしない、むしろ真剣と言っても良い建川先生の長いお顔が目の前になければ、この先生の斬新とも思える応答に、疑いを持ったかも知れない。誠実な態度というものは何物にも代え難い説得力であろう。

某月某日

襖を真白に張り替えた。

電話機四台各部屋にセット。

たかとり山、名もなき山に登る。

(など、以後の記述は徐々に変化に富むものとなっている)

「と、書く書く」

英司がマジックを持ってやって来る。

私は襖に向かって「と」と書く。英司は私のマジックをとり、「と」の字を丸で囲む。

「とまる、とまる、とまる」

と笑う。

「し、書く書く」

「し」の字を書く。「し」を丸で囲む。

「しまる、しまる、しまる」

「こ、書く書く」

「こ」の字を書く。英司丸で囲む。

「こまる、こまる」

「英、わかったよ、これマンホールの字にしたんでしょう」

「わはははは、マンホールマンホール」

「マンホールにしないでもいいのよ」

翌日襖には
「し○」「こ○」「と○」と書いてあった。マンホールの横に書いたつもりであろうか。

某月某日

私の手近にセットしてある親子電話のベルが鳴る。英司の電話ごっこが始まった。英司は自分で受け答えをする。

「もしもし、英君ですか」

受話器を投げ置いて、私のところへ駆けてくる。

「もしもし英君ですか」

私の電話で答えている。また別の部屋から電話をかけてくる。私が受話器を取り上げるや、英司が駆けつけてくる。

「もしもし、英君ですか」

結局、自分で自分に電話をしているのだ。

ごっこあそびなんて難しいもんだ。

私は思案の末、英司にぴったりの電話の相手を探し当てた。この人なら、英司の思惑などまるで関係なく、彼同様に自分の言いたいこと以外は絶対にしゃべらない。

私はダイヤルをまわして英司の手に持たせた。英司は神妙な顔をしてじっと聞いている。十分ほどもじっと息を殺している。

「もういいでしょう」

英司は黙って受話器を返してよこす。

「ただ今より、○時五十分十秒をお知らせいたします。フーフーンフーン、ただ今より○時五十分二十秒をお知らせします」

英司は今聞いたばかりの時報を、熱心に繰り返している。本物の電話に味を占めた英司は、もう本物そっくりの電話の方は見向きもしない。実穂だけが見捨てられた電話で、クマやウサギに電話をかけさせて余念がない。

某月某日　たかとり山に登る

京浜急行の追浜《おっぱま》駅で下車してタクシーで数分。たかとり山の登り口は段々畑になっていて、黄楊《つげ》の紅葉が美しかった。

英司と夫とは、どんどん行っては曲がり角で腰を下ろして待っている。私と幼い美穂とが、やっとの思いで追い着くと、さっさと行ってしまう。山が深くなるにつれて私は不安になった。こんなに切り割かれてズダズダの山だと思っていなかったのだ。険しい、というより創傷《きず》だらけのこの山が無気味であったのだ。

人ならば化けて出るべきところ、この山はじっと堪えているように思えてならなかった。

「あれが丹沢、これが何山、だらだらくだりだ。よく晴れているからきれいだね」

夫は詩人である。当然のように山川草木を愛して、性格も木石がかっている。夫が遠景の説明をするからには、もう頂上近いのであろう。

しばらく立ち止まったせいか、私はもう一歩も足が進まない。ガクガクと時ならぬ膝笑いが止まらない。高所恐怖症であったのを、とんと忘れていたのだ。

「父ちゃん、英司があんなところに」

英司は切り立ってひときわ高く見える段々岩をひょいひょいと飛びながら登っている。

「父ちゃん、早く早く英司を」

わが夫、いつもは鈍牛風。一瞬にして猪突猛進。そういえば彼はマラソンの選手であったのだ。とはいえ、かかる岨道《そまみち》を風のように軽々と走る姿は、なんとも頼もしい。

私は実穂を抱いて道の片藪に這い込み、けん命に手持ちのパンや菓子類を食べる。

実穂は私の食欲に脅威を覚えるのか、負けじと自分もパクパクモグモグ。声も立てずに食べ続けている。

食べる以外に不安解消法を知らず、また理性の覚醒方法を知らないのだ。ハイカーが、

「ヤッホー、ヤッホー」

とあちこちで呼び交わす声が響く。ヤッホーなんて何語かなあ。

夢中で食べて、もう手提袋《てさげ》には、ラムネ菓子が残るだけとなった。食べ物が底をつくと、にわかに心細くなる。

英司は無事だったのか、段々不安が高まる。

「実いちゃん、父ちゃん呼んでみようか」

「ヤッホー、ヤッホー」

実穂はいつも反応が早い。

「父ちゃーんッ、英ーッ」

私は腹をふりしぼって叫ぶ。

「ああ、びっくりした。なんですか」

思わぬ近さから、英司と夫が現れる。

「腹空いたよ。パンあるでしょう」

「ないよ」

「じゃ、おせんべいでもいいよ」

「食べちゃった」

「クッキーもないの？」

「ラムネならあるよ」

「やだよ、そんな子供の菓子」

「ごもくそ、ごもくそ、ごもくそ」

英司が五目そばを食べたいと言う。

「実いもごもくそ、ごもくそ」

「実いちゃんも五目そばがいいの？」

夫は笑い、英司を先立てて下山に向かう。

夫も英司も、トランポリンを飛ぶような速さで走り下ってゆく。私も実穂も決死の覚悟で後を追う。

夫と英司の姿が完全に見えなくなると、実穂が大声で泣きだす。

しばらく下ると、坂の途中に待っている姿が見える。実穂が泣き止む。

山歩きに限って言えば、英司は家族との行動によく適応している。もはや単独で突っ走ることはほとんどない。

禿山《はげやま》であるとか、見通しの利く登山道はまっしぐらに行くものの、必ず何かの遮断物の前で待っていた。

安全と見える道では、

「ヨーイ、ドン」

で走らせたりもした。私達の歩みが英司の目算よりはかなり遅いような場合、彼は、そろりそろりと引き返して来るようにもなった。行ってしまうだけではなく、自分の意思で引き返すことができれば、これからは遠出はよほど楽になるであろう。

登山は、建川先生のお言葉に従ったものの一つで、「意識的」に試みるようになったのである。

家族全員がともに汗を流し合い、ともに腹を空かし合い、待たせるものがあり、そして、待つものがある。

必然、互いの力を必要とする場面もしばしば起きる。なんでもないありふれた体験ではあっても、自閉児英司を含めた家族の中に、今までにない緊密な関わり、そして調和が生まれることを私は知るようになった。

英司、語る…………

ぼくは、もっと高く、もっと高く登るのが好きだったんですよ。

木のぼりとか、石垣の上とか、登るのが好きでしたね。

たかとり山も、ぼくはお父さんと二人だけになっても、もっと高く登るのが良かったんですよ。

空に行けると思ったんですね。たかとり山のてっぺんは空に近いでしょう。

このごろの英司

昭和五十七年五月（十六歳九カ月）

先日、英司の学校（横浜市立本郷養護学校）へ個人面談があって行った。

「教科学習、作業学習、クラブ、全教科にわたり真面目に取り組み、申し分なく、よい成績をおさめています」

担任の米塚先生は、各教科の先生方の評価を伝えて下さり、また自分にあたえられた役割りや課題を真面目に忠実に責任を持って果たし、情況に応じて自主的に作業を進めて行くところも好感が持てる、と先生ご自身の感想をも語られ、人との関係も良く、就職へ向けての指導が楽しみだと申される。

相撲クラブでは勝つことだけを目的とせず、相手の力に応じて自分の力を調整するなど、余裕を見せて取り組む術を心得ているという。

指導に当たられた平野先生、田口先生には、本気でかかって行き、しばしば両先生の腰を脅かすという。

彼は全般にスポーツは嫌いであった。小学校高学年で、リレーなどに良い成績をおさめるようになり、中学では野球、キックボールなどの球技を始め、体育全般によく参加した。苦手とされていたものが一つ一つ克服してゆくにつれて、彼の生活はバランスよく営まれるようになった。

家庭内作業を進んでやり、買い物、小包、手紙を出すなどの走り使いを喜んでやるようにもなった。彼は体を動かして働くこと、汗を流すことを快しとしている。

昭和五十六年の夏、昌子武司先生（国立特殊教育研究所情緒部室長）にお会いした時、英司がタイプライターをほしがっていることをお話ししたところ、昌子先生はこともなげに、

「買っておあげなさい。きっとすぐに覚えて、お母さんよりは早く文字を拾うでしょう」

と申された。とはいえ、書物一冊買うようなわけにはいかないことが、カタログを取り寄せてみて初めて解った。

ともかく必ず買いあたえると決断し、英司に約束もした。英司はタイプライターを買ってもらうために、早速自分にできる努力を始めた。歌集、新聞記事の転写など、毎日時間を割いて熱心にやり続ける。

タイプライターのカタログを見て、英司は英司なりに、自分の要求している物がいかに高価なものであるか解るだけに、猛烈に努力すべしと見てとったようであった。

文章の転写では、自ずと漢字に対する理解への欲求が起こるらしく、頻繁に辞書を引くようにもなった。

この二月、ようやく買いあたえる目途がついた。知人を通して、最初に見たカタログよりははるかに安い最新式の物が見つかった。

昌子先生のお言葉どおり、英司は落ち着いて打ち始め、三日の後には、もう小さな文章は間違いなく打つようになっていた。彼は、教会学校の週報を毎週打ちたい、と言い、彼なりに打った見本を添えて教会に申し出た。

牧師は英司の申し出を心から喜び、同意して下さった。彼は教会学校のなかで、何かの役割を受け持つことが夢であったから、この役割を心から重んじ、その任を忠実に果たしている。

「横尾君と一緒に就職した場合、自動車の免許があったら、横尾君を乗せて通勤できるから、ぼく勉強する。免許とれるまで、ぼくは何年でも勉強

するよ」

彼は、原付免許試験問題・重点解説書を毎日読んでいる。

先日横浜YMCAのファミリー・ジョギング大会が開かれ、本郷養護の先生、生徒数人と共に参加した。休日返上で担任の米塚先生始め数人の先生方が応援に見えられ、英司は「五キロメートル・宣言タイム二十五分」のところ、「二十四分〇四秒」で快走、汗をたらしながらも、まだどこか余裕を見せていた。

「英司、就職が楽しみだね。どんな所で働きたいの」

「用務員さんもいいな、第一パンもいいな、ナショナル電気もいいな。郵便配達もいいな、ぼくは仕事は、力仕事でも、部品組み立てでも、なんでも好きだから」

彼は今、身心共に健康である。

思えば長く苦しい道のりであった。これですべてが終わった訳ではない。だがここまで来て、ようやく自閉児英司の明日を探しあてたように、私は感じている。

職場実習

昭和五十七年

英司は昭和五十七年五月二十四日から六月十一日にかけて、職場実習に従事した。
実習先「戸塚紙器」の担当指導者である松野氏が記した「実習日誌」の一部分を松野氏の了解を得てここへ転載した。

五月二十四日

最初、作業上留意すべき事項を示した後、早速仕切組立、及び発砲スチロールの貼り合わせ作業を行なった。要領の理解が早くおおむね正確であった。

五月二十五日

昨日と類似した作業を行なったため、正確迅速にできた。動作に落付きが見え、周囲に信頼感をあたえる。

五月二十六日

作業が単一で長時間にわたるものであったが、飽きる様子もなく、終始熱心に作業を続けた。作業中は黙々と行なっているが、休憩時間中、独語とも、質問ともつかぬつぶやきをするのが少々周囲に奇異の感をあたえる。

五月二十七日

本日の作業、発砲スチロール貼合わせ、製品の計数、結束、その他。作業すべてに誤りが無く、黙々と励んでいて周囲の者も信頼をおいています。

昨日は多少、過高断面的に気のついた点を申して失礼しました。本日はその点、全く改まっていました。

五月二十八日

本日は終始発砲スチロールの貼合わせ作業の助手として作業をしたが、手順をよく理解し、自ら状況を判断して器材を整え製品の運搬、結束、収納を行ない周囲の者を感心させた。

五月三十一日

第二週に入り、疲れた様子もなく、着実に作業に従事している。体力あり、運動能力もよい。作業中、指導者の指示に注意を払い、かつ黙々と努めている。

六月一日

本日は作業の都合上、単一で退屈な作業であったが、手が空くと進んで他の者の周囲の整理を行い、きちょうめんな気質を感じさせた。

六月七日

最終の週になったが初めと変わりなく、熱心に黙々と励んでいる。手が空くと黙って他の仕事を手伝う。

六月十一日

本日で実習終了。最後まで熱心によく頑張りました。職場の雰囲気にも馴れ、将来働かなければならない社会の職場の一端を理解したと信じます。ご苦労でした。(すべて原文のまま)

「作業中はおしゃべりをしないでね。一度教えてもらっても、よくわからない時はもう一度教えて下さい、とお願いするんですよ。あいさつや返事を忘れないでね」

職場実習最初の朝、私は英司にこれだけの注意をあたえた。

二十六日の実習日誌に「作業中は黙々と行なっているが休憩時間中、独語とも、質問ともつかぬつぶやきを………」とあった。

授業中、作業中など、自分がなんらかの任務を帯びている時は「独り言」を慎むようにという部分的コントロールの方法を推し進めてはいたが、学校だけでなく実習先においても「作業中は黙々……」とあるようにどうにか英司は自らを御しているようであった。だが「休憩時間中の独り言」は初めての課題である。

「そうかあ。松野先生や、おばさん達に悪い感じをあたえてはいけないんですね。ぼくはまわりの人のことをよく考えられないからねえ」

私達の話し合いはわずか数分で終わった。

翌二十七日の日誌には「その点今日は全く改まっていました」とある。

職場実習最終の日(六月十一日)

「真行寺君は無口で物静か。最初から最後まで熱心によく励みました。体力があり、運動能力がよいのでこちらで見ていても危なげがなくて安心していられた。また全く疲れを見せませんでした」

このような過分のお言葉を頂戴した。実習期間中、彼は「独り言」を慎んだようである。それは、松野氏はじめご指導下さった方々の寛容と熱意とに呼応しての英司の判断によるものであったようだ。

作業の面においても、それが言えるように思う。「或る人格」との出遇いによって思いがけない進展を見せる、ということは、彼の生育歴の中に散見されることである。

職場実習における「よい出遇い」「よい体験」を足がかりとして、英司がどのような変化を見せるか楽しみなことではある。

夫も私も英司に多くを望んではいない。どのような環境に置かれても、誠実であってほしいと思う。知恵も能力も足らない英司が生きていくためには、多くの方々の助けが必要である。それには、英司自身が誠実でなければならないとしみじみ思う。

英司は夫の肩叩き、実穂のたのみをはじめ家庭内作業などほとんど断ったことはない。名を呼ばれた時はもう立ち上っている。

こうしたことを小さいこととせず英司を見守り続けていきたいと希っている。（六月十四日）

英子さん、実穂さん、英司さんが揃って今も通う教会。実穂さん画。英司さんは毎週日曜学校で、プログラムを作ったり、子どもたちと交流したりしている。

言葉のない子と、明日を探したころ
自閉児と母、思い出を語り合う

2005年12月15日　第1刷発行

著者：真行寺英子・英司

挿絵：真行寺実穂（231ページ）

装画・挿絵：小暮満寿雄

デザイン：土屋 光（Perfect Vacuum）

発行者：浅見淳子

発行所　株式会社 花風社
〒106-0044　東京都港区東麻布3-7-1-2F
Tel：03-6230-2808　Fax：03-6230-2858
Mail：mail@kafusha.com　URL：http://www.kafusha.com

印刷・製本：新灯印刷株式会社

ISBN4-907725-66-3
© Eiko Shingyôji, 2005 printed in Japan